鶴ヶ野 勉 著

熟柿《じゅくし》

鉱脈社

目次

熟柿

「田の神さア」の恩返し

㈠

「お手パラ！」

対座している男が突然、大声で叫んだ。

男はかなり酔っているようで、声が裏返っている。右手に〈ナンコ玉〉を持って、ずいと突き出したところである。しかし怒声の割には機嫌がいいのだろうか、顔には微笑を浮かべていた。

幸夫は今、近くの温泉宿で〈ナンコ遊び〉をしていた。

スマホで調べると、薩摩藩はその昔、南方の国々と交易を行なっていたらしい。その交易の接待の一つとして、考案されたのがこの〈ナンコ〉（＝南交）であったと伝え聞く。自分も今、この地に馴染むためにその〈ナンコ遊び〉をしているところである。

とその時、男はまた〈お手パラ！〉と叫んだ。

この地に移住してからまだ日が浅いので、幸夫は男の言う〈お手パラ〉の意味が分からなかった。幸夫の生まれ故郷はこの地から数十キロしか離れていないが、残念。この地独特の方言や風習はまだたくさんある。

このような時は迷わず、仲間に聞くことにしている。

そう思った時、隣に座っていた源次郎さんが耳打ちをしてきた。すでに後期高齢者であるから、頭頂はきれいに禿げあがっている。しかし同じ地区に住む農家であるから長年、地区のまとめ役を引き受けてきた。

「〈お手パラ〉は手に、何も持っていないチ意味じゃが……」

源次郎さんは大声で耳打ちをした。

噂によると耳が聞こえなくなったと聞くから多分、大声になったのだと思う。だとしても、〈お手パラ〉は初めて聞く言葉であった。オレは今、手に何も持っていない。だったらこの勝負、〈オレが敗けた〉ことになる。

〈ナンコ遊び〉のルールはいたって簡単である。

先ずは二人が対座し、十センチほどに切った〈ナンコ玉〉を後ろ手に隠しもつ。次に右手に何本かを持ってナンコ盤に突き出し、両者の合計を予想しあって互いの手を開く。敗けた方が焼酎を飲むのがルールであるから、座は一気に盛り上がっていく。

残念ながら、この〈ナンコ遊び〉は廃《すた》れつつある。

幸夫がこの地へ婿入りするずっと以前から、〈核家族化〉が進んでいる。すると地域の人が一緒に集う機会が少なくなり、〈ナンコ遊び〉をする機会も激減したと聞く。これに少子高齢化が加わった現在、源次郎さんだけが頼りである。

幸夫はルールに従って、焼酎を飲んだ。

宮崎地方では一般に焼酎のアルコール濃度は二十度と決まっているが、この地では二十五度が普通である。幸夫は体質的にアルコールに弱いから顔をしかめ、しかも数回に分けて少しずつ飲み終えた。

「犬の小便！」

対戦相手は勢いづき、さらに大声で叫んだ。

またまた意味不明であるから、幸夫は源次郎さんに耳を傾けた。犬が小便をする時は必ず、片足をあげて電柱などに放尿する。源次郎さんはくすっと笑って、〈じゃかい、犬の小便は三本だよ〉と説明した。

幸夫は迷わず、〈下駄ン歯！〉と叫び返した。隣で〈ナンコ〉遊びをしている仲間が偶然、〈下駄ン歯！〉と叫んだからである。自分は今、二本しか持っていない。もし相手が一本持っていたら再度、オレの敗けになるのだが……？

すると不思議。ここで奇跡が起きた。

互いに右手を開くと、相手は〈お手パラ〉であった。源次郎さんはにっと笑い、〈やったねえ！〉と言って握手してくれた。初めて知ったのだが、〈下駄ン歯〉には二本という意味があるらしい。なるほどそうか、〈下駄の歯〉は二本と決まっている。

幸夫は両手を差し上げ、〈やった！〉と叫んだ。

ついに勝ち取った今日の初勝利である。初めての〈ナンコ遊び〉で、しかも偶然に聞いた〈下駄ン歯〉という言葉を使って、オレは勝ったのだ。幸夫は再度近くの源次郎さんと握手をし、次に対座する男とも握手をした。

「こイで、田の神さアも喜ぶじゃろう……」

源次郎さんはにっと笑い、焼酎をつぎ足した。

実はその通りで、今は〈田の神さア〉祭りの慰労会を開いているところである。南九州では各地に、豊作を祈願する石像が建っている。全域で二千体ほどが確認されているが、米の産地であるこの地には百五十体もの〈田の神さア〉が鎮座していると聞く。

＊　＊

〈ナンコ遊び〉はここで、小休止になった。

係が小休止を告げたからではない。他の車座での〈ナンコ遊び〉は続いたが、この車座では神聖な〈田の神さア〉という言葉を聞くと同時に小休止になった。すると不思議。周囲の仲間も〈今日はどうも……〉などと言って、焼酎を注ぎあった。

これで終わりだから、異例な終わり方である。

この地は霧島火山帯のただ中にある。良いことの例として温泉や農産物に恵まれていることがあるが、悪いことの例として地殻変動や噴火による災害などがある。幸夫たちは今日、良いことの例として宴会を開いたのだった。

幸夫はふと、中学時代の遠足を思った。

担任の中園先生が偶然、この地の出身者であった。誰にとっても、故郷は懐かしい場所である。専門教科が社会であったからだろうか、先生はよく故郷の話をしてくれた。農産物や〈田の神さア〉などが中心であったが、最後に言う言葉は同じであった。

「教育とは子供の心にタネをまき、それを育てることである……」

最初の頃、幸夫はこの意味が分からなかった。

先生はこの地で生まれ育ったが、あの頃は隣の熊本県で教員をされていた。思い出を話す時は楽しそうに見えたけど、最後の〈教育とは……〉になると淋しそうに思えた。先生の話が面白いから何回も、〈先生またぼくらの心にタネをまいてよ〉と頼んだ。

するとと不思議、ついにその日がやってきた。

秋の遠足が霧島登山に決まったのだ。山ひとつ離れた場所ではあるが、まだ一度も訪ねたことのない霧島である。しかも中園先生の故郷でもあるから、幸夫たちは「やった！　やった！」と言って喜んだ。

その日は晴天で、絶好の行楽日であった。

先ずはＪＲ肥薩線を利用して、学校の近くにある大畑駅で乗車した。先生は懐かしそうに、「この路線は明治時代、国が威厳をかけて開通させた」と説明された。標高差が数百メートルもある九州山脈を越えるのだから、工事は苦難の連続であったらしい。

列車が動きはじめると、感動がつづいた。

列車は急勾配を緩和するために螺旋《らせん》状に走ったり、スイッチバックをし始めたのだ。今まで農作業を手伝いながら眺めてはいたが、乗車するのは初めてであった。列車は熊本県と別れると突然、暗くて長いトンネルに入った。

トンネルを出ると、仲間たちは「わっ！」と歓声をあげた。

眼前に、壮大な絶景が広がっていたのだ。あの山々が中園先生がいつも自慢する霧島連山であり、盆地状に広がる平野が先生の生まれた故郷なのだろう。〈日本三大車窓のひとつ〉であるそうで、これも先生の自慢であった。

列車は間もなく、真幸駅に着いた。

遠足の計画ではここで下車して、観光バスに乗り換えることになっている。幸夫たちは計画どおりにバスに乗りかえると再度、列車はスイッチバックを繰り返し始めた。全国でも有数の急勾配であるから、この形式でないと登れないと先生が説明された。

「みなさま、下をご覧ください……」

突然、バスガイドの声がした。

駅で観光バスに乗り換え、眼下に広がる集落へと下り始めた時であった。今から、中園先生の故郷に入る。この一帯は今から三十万年ほど前、火山の爆発によって形成されたカルデラであるらしい。今では川になり、鹿児島県の方へと流れ下っているようだ。

「はい、着きましたよ……」

バスガイドは明るい声で言った。どこに着いたのか知らないが、幸夫たちは急いで下車した。目の前に大きな石像が立ち、これが先生が何度も自慢した〈田の神さア〉であった。石像は白くお化粧をし、微笑んでいた。幸夫たちは驚き、胸が高鳴った。

「江戸時代の頃、島津の殿様はこの地のお米が気に入り、よく食べられたそうです」

バスガイドは自慢そうに言い、見回した。

「品種は〈ヒノヒカリ〉で、何度も美味ランキングで賞を取っています。もし農業に関心がある方がおられたら是非、この地へおいでくださいね……」

すると不思議。幸夫の心はぐらりと動いた。

自分はすぐ近くの山地で、農家の末っ子として生まれた。わが家は農林業が主であるけど、この地の産業も同じ農業が中心であるらしい。だったら自分は将来、この地で暮らしてもいいのでは……？

「みなさん、〈オットイ〉という言葉をご存じですか？」

心が動揺している時、バスガイドが言った。

〈オットイ〉とは〈盗む〉という意味だそうで、中園先生から何度も聞いた。不作がつづくと農家は困る。そこで豊作のつづく集落の〈田の神さア〉を盗んできて、自分たちの集落にまつった。すると不思議。次の年から、今までの不作が豊作へと転じたらしい。

「ご覧ください。この〈田の神さア〉は盗まれないように、荒縄でしっかりと縛《しば》ってありますよね……？」

バスガイドは説明した後、くすっと笑った。

幸夫はなるほどと思った。豊作がつづく集落の〈田の神さア〉は人気があるが、不作のつづく他の集落から何度も盗まれたに違いない。そこで人々は二度と盗まれないように、〈田の神さア〉を荒縄で縛ったと思える。

「〈田の神さア〉をめぐって、各集落がケンカをするのは当然、ご法度です。そこで……、二つの決まりごとがありました」

バスガイドはなぜか、ここで間を置いた。

胸のポケットに手をやり、しきりと何かを探した。バスガイドは「一つは盗んできた〈田の神さア〉を三年間放置すると、また不作になると信じられていたことです」と説明した。その直後、「ありましたよ」と言って、ポケットから一枚の紙切れを取り出した。

「〈田の神さア〉は各集落がケンカをしないように、置き手紙を書いたのです。これがその置き手紙です」

バスガイドは紙をひらひらと振った。

幸夫たちは信じられず、〈ウソだろう!〉と言って笑った。だって〈田の神さア〉は人の作った石像であるから、手紙など書けないはずである。野次を飛ばしていると、バスガイドは「実はね、手紙を書いたのは〈田の神さア〉ではなくて、盗んだ人たちでした」と白状した。

幸夫たちは一瞬、どっと笑った。

置き手紙は〈田の神さア〉を盗む時と、返却する時の二回書く仕来《しきた》りになっているらしい。バスガイドは「これは江戸時代に書かれた文章ですが……」と言ってから、手にした紙切れを読み始めた。

「この度、上流で山崩れがあったと聞き及ぶ。しばらく見聞してくるによって、その間しばしの御了承ありたし。五月吉日、田の神より」

終わると再度、幸夫たちはどっと笑った。

拍手をすると、バスガイドもけらけらと笑った。盗んできた〈田の神さア〉のお陰で豊作になるのだ。そのお礼として、採りたての籾《もみ》や焼酎などを持ち寄って酒盛りをしたらしい。すると当然、二つの集落は以前よりも親しくなったと思える。

＊　　＊

バスはその後、川に沿って進んでいた。

中園先生から、何度も聞いた川内川であるらしい。バスガイドは「この川の源流はなんと、皆さんの故郷である白髪岳です」と説明した。白髪岳は学校の近くに聳えているけど、川内川の源流であるとは知らなかった。またまた、親近感がわいてきた。

バスは川内川を離れると、別の小川にそって進んだ。

中園先生の家は多分、この川の近くである。そう思った時、先生は懐かしそうに車窓から身を乗り出していた。自慢の〈田の神さア〉を見つけたのか、「あ、あれだ。あれが以前、君らに話した〈田の神さア〉だよ」と言われた。

バスは正午すぎ、目指す高原に着いた。

季節は晩秋であり、周囲はきれいに紅葉していた。目の前に海抜千八百メートルほどの峯が聳《そび》えるが今日、そこまで登る計画はない。登山道は岩だらけで、その数か所から白い噴煙を吹き出していた。バスガイドは何度も、危ないから近づくなと注意した。

「みなさん、周囲をご覧ください……」

またまたバスガイドの出番である。

「薩摩藩はここで、硫黄の採掘を行っていました。ご覧のススキの葉っぱが赤いのは、硫黄のせいです。〈えびの〉という地名もまた、この硫黄と関係があります……。どうですか、この地に住みたいとは思いませんか……?」

バスガイドは微笑み、勧誘してきた。

三度目であるから、幸夫はここで決まった。この地は米の名産地である他に、霧島連山や温泉を利用した観光地でもある。だったらバスガイドの誘いにのって、自分はこの地で大好きな農業をするべきなのでは……?

㈡

「ケネジュ!」

その時、近くの男が大声を上げた。

幸夫は懐かしい中学時代の思い出に浸っていたので、今度も何が起きたのか分からなかった。男が再度、〈ケネジュ！〉と大声で言った時、〈そうだ。自分たちは今、〈ナンコ遊び〉をしているのだった〉と思った。

しかし残念、〈ケネジュ〉の意味が分からなかった。

幸夫は再度、近くの源次郎さんに耳を傾けた。この地特有の方言だそうで、意味は〈家内中〉が訛《なま》ったものらしい。従って〈ケネジュ〉と言ったら、〈合わせて六本〉と言ったことになる。

幸夫は迷わず、〈下駄ン歯！〉と叫び返した。

先ほど覚えた言葉を使ってみたくて、〈下駄ン歯！〉と言ったに過ぎなかった。自分は右手に今、〈ナンコ玉〉を一本しか握っていない。だから相手が例え三本握っていても、〈ケネジュ〉ではなくて四本になる。従ってこの勝負で、自分の〈敗け〉はない。

しかし結果は奇っ怪な事態になった。

互いに右手を開くと、相手は〈ケネジュ〉どころか〈お手パラ〉であった。幸夫はそんな馬鹿なと思った。両者とも三本握っていないと〈ケネジュ〉にはならないのに、相手は何も握っていない。これは一体、どういう意味だろうか……？

幸夫は咄嗟《とっさ》に、〈騙しの手だな？〉と思った。

〈ナンコ遊び〉はその昔、薩摩藩が行なっていた交易に由来すると思ってみる。交易は商取引であるから多分、相手の心を探る必要があったのでは……？　騙《だま》しあうことで、お互いの心を探りあう。そう思うと不意と、十数年前の自分が心に浮かんできた。

＊　＊

あれは多分、高校三年の秋である。

いつの時代でも大人は伝統を守ろうとするが、若者は変化を求めたがる。あの時も同じで、同級生たちは変化を求めて都会へと出て行った。しかし中園先生が蒔いたタネが発芽したのか、自分は違った。いや発芽し過ぎて、他の先生たちを困らせたのだ。

「君は……、隣の町で働きたいんだって……？」

進路指導の先生は不思議そうにノートを捲《めく》った。

学力は低くないのだから、大学へ進学しろと何回も説得した。数年前に父が病死したので、今は長兄が稼業の農林業を引き継いでいる。その長兄に、〈大学へ進学するから学費を出してくれ〉とはとても言えない。

「ぼくは中学生の頃から、隣の県で働くと決めているんです……」

そう言って、先生の心に探りを入れた。

「隣の県は風習や言葉も違うから多分……、難儀《なんぎ》するぞ」

「でもオレ……、もう決めているんです」

それだけ言って、部屋を出たと記憶する。

あの頃はまだ〈ナンコ遊び〉や、〈心の探り合い〉も知らなかった。自分の心には中学生の時、中園先生がすでにタネを蒔いていたのだった。その後は先生の期待どおりに、タネを育てればいいと思っていた。

発芽は全て、あの遠足に始まったと今思う。

長いトンネルを抜けた後に見た〈日本三大車窓〉の素晴らしさ。バスガイドが説明した〈田ノ神さア〉の面白さや硫黄山の絶景など。加えてバスガイドは何回も、〈この地に住みたいとは思いませんか?〉と誘ったのだった。

幸夫は高校を卒業すると、すぐこの地へ移住した。

当時の年賀状を見ると、中園先生の住所は〈熊本市〉に変わっている。熊本市は間違いなく、自分の故郷よりも都市である。先生が自分から都市に住みたいと思われたのか、それとも栄転なのかは不明。その後も、恩師との文通はつづいた。

幸夫の〈移住〉は現在、〈定住〉に代わっている。

中園先生にこのことを報告すると、〈複雑な気持ちです〉という返事が届いた。自分から大きな影響を受けた教え子がいて、指示どおりに人生を送っていると仮定してみる。先生は答えようがなくて多分、〈複雑な気持ちです〉と書かれたのだと今思う。

幸夫が選んだ職種は誘致企業であった。

清涼飲料水を作る会社で、場所は高速道路が複雑に交差していた。この利点を生かし、この地には多くの誘致企業が集まっていた。理由は簡単である。高速道路が近いと、原材料や製品の輸送に都合がいいからである。

幸夫に与えられた仕事は〈輸送係〉であった。

十八歳を過ぎていたから、先ずは車の運転免許を取得した。普通車から大型トラックに切り換えても、最初は助手席に座って材料の積み降ろしだけであった。慣れるにつれて運転するようになり、数年後にやっと運転の正社員になった。

その頃、大きな転機があった。

同じ運転部で働く女性事務員の千代と知り合いになったのだ。〈知り合った〉と言っても、ただ顔を会わせるだけであった。しかし五月になる頃、ある変化があった。千代がよく休むようになったのだ。真面目で明るい性格であるから、ずる休みではなかった。

同僚に理由を聞くと、千代は農家の娘であった。

幸夫はそれを聞き、なるほどと思った。この地は米の名産地である。五月は田植えの準備で忙しいから多分、家では〈ネコの手を借りたいほど忙しい〉に違いない。そう思うと急に、忘れかけていた農業への未練心が目覚めてきた。

その後も、転機はつづいた。

同僚の話によれば、千代の家はあの中園先生の実家の近くだという。ここまで偶然が重なると、千代のことがさらに気になり始めた。〈これが恋という感情だろうか……?〉。幸夫は千代が欠勤するたびに心配になり、悶々《もんもん》とするようになった。

ある日、決断をする時がやってきた。

その日も千代が欠勤したので、幸夫は心配のあまり電話をかけた。千代はただ田植えの忙しさだけを話し、幸夫も製品をどこへ運送したかについてだけ話した。すると不思議。電話だけではもの足らなくなって、幸夫はついに千代の家を訪ねることにした。

場所はあの川内川の支流、長江川沿いであった。

中学時代のバス旅行で通った川沿いであるが、訪ねるのは初めてであった。自分は千代の恋のために来たのではなく、尊敬する中園先生の生家を確かめるために訪ねてきたのだ。そう思って先ずは先生の生家を確かめた後、千代の家へと向かった。

驚いたことに、千代の家は酪農家であった。

出迎えたのは千代の父親で、頭には白いものが交じっていた。耕作面積は三ヘクタール以上だそうで、副業として飼育牛をやっているらしい。それでも稲作が主であり、品種はバスガイドが〈特A〉に選ばれたと自慢したあの〈ヒノヒカリ〉であるという。

「最近……、若ケ者《わけもん》は農業を馬鹿ンすっかいネ……」

父親は言った後、舌をチッと鳴らした。

幸夫はそれを聞いた時、〈それは違うぜ！〉と心の中で反論した。自分は確かに現在、誘致企業の運転手をしている。しかし本当はこの地の風土に憧れ、〈田の神さア〉と一緒に暮らしたいと願っている。そう言い返そうと思ったが、思い止まった。

この時から、父親との〈心の探りあい〉が始まった。

今にして思えば、〈ナンコ〉と同じだったと思う。

対戦相手は千代ではなく、父親であった。父親は先ず、〈最近の若ケ者は農業を馬鹿にすッかいね〉と言って幸夫の心を揺さぶる。一種の騙しの手であるから多分、嫌味を言うことで幸夫の反応を見たかったのだと思う。

その後、探り合いは〈父親の勝ち〉となった。

幸夫は〈最近の若ケ者は農業を馬鹿にすッかいね〉に反発する形で、千代の家を訪ねる回数が多くなった。父親の策略には後ひとつ、大切な仕掛けが隠されていた。実は千代は一人娘であり、後継者になる婿養子を探していたのだった。

その結果もまた、父親の思い通りになった。

これらは全て、恩師中園先生の口グセ、〈教育とは子供の心にタネをまき……〉に始まったと思う。そう思って結婚の連絡をすると、先生はわざわざ帰郷して祝ってくださった。これ以上の幸せはないから、幸夫は思わず先生に抱きついていた。

その後は退社し、専業農家に専念した。

県境の故郷は山間地であるが、この地は広大な盆地である。幸夫は心を新たにして、三ヘクタール稲作と副業の飼育牛について義父から学んだ。今は農作業の多くが機械化されているから、運送業で体得した技術がとても役立った。

しかし副業の牛飼いは初体験であった。

恥ずかしながら、牛飼いには〈生産牛〉、〈酪農〉、〈肥育牛《ひいく》〉の三つがあるのを初めて知った。〈生産牛〉とは小牛を産ませて販売する農法であり、〈酪農〉とは牛の乳を販売するために牛ホルスタインを飼育することである。

三つめがわが家の副業、〈肥育牛〉である。

先ずは牛の競売《せり》で、小牛を買ってくる。二年ほど飼育した後、肉牛として競売に出して金に変える。幸夫は義父の指導に従いつつ、ネットでも学んだ。そして結婚して十年が過ぎる現在、〈肥育牛〉を二十頭から三十頭まで増やしている。

結婚後は連続して、朗報がつづいた。

妻の千代が連続して、四人の子供を産んだのだ。喜んだのは故郷の父母よりも、義父母であった。義母は千代しか産まなかったので、幸夫が後継者になったのだった。しかし千代は違って、男女二人ずつを産んだのだった。

義母は異様なほど、喜んでくれた。

義母の出身地は平地ではなく、川内川の最上流域である。当時としては珍しい恋愛結婚であったが、生まれたのは女の子の千代だけであった。そのような理由で、義母は四人の孫を異様なほど可愛がってくれた。

しかし残念、幸せなんて長くはつづかない。

不幸はそっと近づき、長い編み物をし始める。あれは幸夫がこの地の農法にも慣れ、千代が四人目の子供を産んだ頃であった。不幸は先ず、〈中園先生が死んだぞ〉と報せた。幸夫の心にタネを蒔いてくださった恩師であるから、幸夫は茫然とする日々を送った。

㈢

「ヤカンついて！」

突然、近くで男の叫び声がした。

幸夫は結婚当時のことを思い出していたので一瞬、何が起きたのか分からなかった。男が再度、〈ヤカンついて！〉と叫んだ時、幸夫はやっと我に返った。しかし我には返ったが、男の叫ぶ〈ヤカンついて！〉の意味が分からなかった。

相手は自分と同じように、かなり酔っていた。

他の男たちも同じで、大声で叫びあっている。今までは、言葉の意味が分からない時は源次郎さんに聞いてきた。そのつもりで周囲を見回したが、源次郎さんの姿はなかった。源次郎さんは地区のまとめ役であるから多分、他の仲間たちと談笑しあっているらしい。

「ほア、早ヨ答えンか！」

男は大声で、答えを促してきた。

〈ナンコ遊び〉は酒席で、二人がひと組みになって行なうゲームである。もし相手が黙り込んでしまったら即、〈ナンコ遊び〉は興醒《きょうざ》めになる。頼りにしてきた源次郎がいないのだ、幸夫は仕方なく「ヤカンついてとは何ですか……？」と聞いてしまった。

「ワヤ（＝お前は）、蚊帳を知ッチおあンとか……？」

男は半分笑いつつ、覗き込んできた。

集落こそ違うが、同じ盆地内に住む同じ専業農家である。男は先ず、「夏は蚊がドッサイ（＝

たくさん）おっどが……？」と聞いてきた。南九州はたとえ夏でなくとも、蚊がたくさんいる。蚊から血を吸われるのは嫌だから、各家は必ず蚊帳で防御する。

「蚊帳を張ッ時、紐は何本要ッドかいね……？」

男はここまで話すと、なぜか腰を上げた。

蚊帳を張るには四本の紐が必要であるから多分、〈ヤカンついて〉とは〈四本〉という意味らしい。幸夫がそうだと気づいた時、男は〈小便に行ってくるワ〉と言ってその場を離れた。本当に尿意が我慢できなかったのか、それとも嫌気がさしたのかは不明。

一人になると、〈ナンコ遊び〉はできない。

見回すと、酒盛りは大きく盛り上がっていた。カラオケを歌う者、それに合わせて手踊りをする者たちもいる。先程まで自分と〈ナンコ遊び〉をしていた男も同じで、奇声を上げて手踊りをしていた。〈小便に行ってくるワ〉はどうやら、口実であったらしい。

幸夫はすっかり、一人ぽっちであった。

自分は今後、何をどうすればいいのだろうか……？　幸夫はごく最近にも、これに似たことがあったなと思った。あれは決して、〈ナンコ遊び〉みたいなゲームではなかった。目の前を突然黒い幕で閉ざされ、全く見通しがきかなくなる一種の非常事態であった。

＊　＊

あれは忘れもしない、三年前の四月であった。

先ずは霧島連山の一つ、新燃岳の噴火から始まった。すると近くの硫黄山が連動し、数百年ぶりに噴火した。秋の遠足で、中園先生と一緒に登ったあの硫黄山である。遠足の時は白煙を上げるだけであったのに、今回は本格的に噴火したのだった。

不幸が重なると、悪いことがつづく。

幸夫は先ず、バスガイドの言った〈有害物質〉という言葉を思い出した。バスガイドは確かにあの時、〈硫黄山のガスにはヒ素やカドミウムなどの有害物質が含まれていますから、危ないわよ〉と言ったと記憶する。しかし現実はそれ以上であった。

数日後、目の前はさらに暗くなった。

雨が降って川が白く濁ったので、県は水質検査を行なった。結果は恐れていた通りで、ヒ素やカドミウムの他にフッ素や鉛なども検出された。水道水は飲んでもいいが、硫黄山を源流とする水を飲んだり、川を利用する稲作は禁止された。

稲作農家にとって、最悪の事態であった。

県の報告があると、反対する農家は一人もいなかった。長くまとめ役を務めてきた源次郎さんも同じで、「風評被害はオゼ（＝恐い）でねえ」を繰り返すだけであった。まさに〈お手上げ状態〉であり、非常事態であった。

しかし反面、明るい報せもあった。

県と市が助成金を出してくれるという。もし川の流域の農家が稲作を断念したり、米以外の作物を栽培したら、それに見合うだけの補助金を出してくれるという。有り難いことだと思う反面、〈自然災害と風評被害の恐さ〉を再認識した。

「川向こうンシ（＝人たち）が羨ましねえ……？」

集会が終わる頃、源次郎さんが呟いた。

〈川向こうンシ〉とは多分、硫黄山の影響を受けていない農家のことだろうと幸夫は思った。源次郎さんは言った後、参加者を見回す素振りをした。そして幸夫に気づくと、「幸夫くん、どんゲ思うね……？」と聞いてきた。

幸夫は一瞬、何と答えるべきか迷った。

参加者の中で自分が一番若いから多分、源次郎さんは〈幸夫くん〉と呼び捨てにしたのは分かる。しかし今年も稲作ができる農家を羨ましいと思うのは自分だけではなく多分、この場にいる全ての農家ではないのか……？

「カカどんの実家は確か……、川向こうジャッタ（＝だった）よね……？」

源次郎さんはなぜか声高に言い、見入ってきた。

実はその通りで、義母の実家は川内川の上流域である。上流域であるから、今回の硫黄山噴火による被害は受けていない。従ってヒ素やカドミウムなどの有害物質とは無縁であるから現在、例年どおりの田植えを準備中である。

「こイで、本決まりジャね……？」

源次郎さんが言うと、出席者から拍手がわいた。

幸夫は一瞬、この拍手の意味は何だろうと思った。テレビや新聞は連日のように、〈川内川の下流域ではヒ素やカドミウムなどで死んだ魚が浮いている〉と報じている。まさに〈非常事態〉であるのに、拍手をするとは無礼千万である。

「先日、カカドンの親戚と会ったがね……」

源次郎さんはなぜか機嫌よく、話しはじめた。

今から五十年ほど前、この地で〈震度六〉ほどの大地震があったらしい。震源地が義母の生まれた上流域であったので、その地域は大災害に見舞われたらしい。山崩れなどによる死者と負傷者を合わせると五十名ほどで、全半壊した家屋は千五百以上であった。

実はこの話は義母から、何回も聞いていた。

しかしあの大地震と、〈こイで、本決まりジャね〉との関係は不明である。〈カカドンの親戚〉

とは多分、義母が〈アニョさア（＝兄貴）〉と呼んでいる伯父のことだろう。今でも養豚をやっているそうで、集落のまとめ役を引き受けているらしい。

「実はあン時、〈田の神オットイ〉（＝盗み）を頼まれてねえ……」

源次郎さんは懐かしそうに話し始めた。

その様子を見て、幸夫はある風景を想像してみた。五十年ほど前、義母の集落が大地震に見舞われたと思ってみる。集落は困り果て、他の集落の〈田の神オットイ〉（＝盗み）を実行した。だったら五十年後の今、わが集落はあの時のお礼を受けてもいいはず……。

「ではただ今から、〈田の神オットイ〉の段取りについて……」

源次郎さんは突然、真顔で話し始めた。

幸夫は内心、〈これこそ田の神の互助精神だな〉と思った。〈田の神オットイ〉については、中園先生や遠足のバスガイドから何回も聞いた。しかし自分で考え、盗みを実行したことは一度もない。幸夫は〈盗む〉という言葉を聞いただけで、緊張してきた。

「ただ日時と参加者、場所を決めるだけじゃが……」

空気を察したのか、源次郎さんは穏やかにつづけた。

今回の硫黄山の噴火で、わが集落は県から稲作を禁止されている。だから昔の風習に従って、被害を受けなかった集落から〈田の神さア〉を盗もうとしているに過ぎない。盗むことは悪いことだが、〈田の神さア〉はきっと許してくださるだろう。

「あ、忘れチョッタ。そん前に、〈置き手紙〉を……」

源次郎さんは言いつつ、手にした紙切れを読み始めた。

「この度は硫黄山が二百五十年ぶりに大噴火をし、長江川流域に甚大なる被害をもたらしたと聞き及ぶ。しばらく流域の様子を見てくるによって、その間しばしのご了承ありたし。五月吉日 田の神より」

源次郎さんは安心させたいのか、穏やかに読み終えた。

㈣

「アニョ！」

すぐ近くで突然、男の叫び声がした。

大声であったので一瞬、幸夫は我に返った。オレたちは源次郎さんの段取りに従って、〈田の神さア〉を盗んだのだった。盗んでから三年が過ぎると、また不作に逆戻りすると伝え聞いている。だから二年目になる今年、〈田の神さア〉は元の集落へお返しした。

それも今日、お返しをしたのだった。

一種のお祭りであった。行列は〈田の神さア〉を先頭にして、太鼓や三味線を鳴らしながら進んだ。〈田の神さア〉を元の場所に安置すれば終わりだが、それだけでは終わらない。二つの集落は米や焼酎などを持ち寄り、〈ナンコ遊び〉をしているのだった。

対座している男が再度、返答を促した。

「そア！　早ヨ、言ワンか！」

怒っているように見えたけど、幸夫は怒るのも当然だろうと思った。対座する男の集落は〈田の神さア〉を盗まれた側であり、今日が初対面でもある。その初対面の男と〈ナンコ遊び〉をしているのに、オレは別のことばかり考えてきた。

幸夫は男へ目礼して、〈犬の小便！〉と応じた。

両者が右手を開くと、ナンコ玉の合計は四個であった。幸夫は玉を三個握って〈犬の小便！〉と叫び、相手は〈アニョ！〉と応じたのだった。男は自慢げに笑って、〈そア、早ヨ飲まンか！〉と促してきた。

そう言われても、幸夫は理解できなかった。

幸夫はナンコ玉を三個握り、相手は一個握っていた。合計が四個になるから、〈犬の小便〉よりも一個多いことになる。一個多いとは〈年上である〉ことになり、〈アニョ（＝兄貴）〉が正解になる。幸夫は焼酎を飲みながら、〈奇っ怪な遊びだな〉と思った。

奇っ怪である点では、〈オットイ〉も同じである。

三年前の深夜、源次郎さんに指名された幸夫たちは〈田の神さア〉を盗みに出掛けた。幸夫はトラックの運転手であったという理由で、〈田の神さア〉を運ぶ役であった。先ずは〈田の神さア〉に礼拝して、石像を掘り起こして軽トラックに積みこんだ。

「置き手紙は後で……、幸夫くんのアニョに郵送すっかイネ」

車を始動させると、源次郎さんが言った。

〈田の神さア〉を安置する場所は当然、被害を受けたわが長江川流域である。幸夫の家から少し離れてはいるが、中園先生の実家の近くであった。〈田の神さア〉は一帯を眺めることができるし多分、今は亡き恩師も喜ぶだろうと思った。

＊　＊

㈤

「天皇陛下！」

とその時、対座する男の声がした。

男が叫んでも、幸夫はもう驚かなかった。婿養子はできるだけ早く、その土地の風習や方言に慣れる必要がある。その点で、今回の〈田の神さア盗み〉はとても役立ったのだから。〈天皇陛下〉は国内に一人しかいないから多分、合計して一個と叫んだと思える。

幸夫が〈お手パラ！〉と応じると、男は右手を開いた。

予想どおりで、男は何も握っていなかった。初勝利であり、幸夫はこれでほっとした。幸夫が焼酎を注ぐと、男は一気に飲み干した。二人が〈ナンコ遊び〉を再開した丁度その時、閉会を報せる声がした。

源次郎さんであった。

「まだ、飲み足らンかも知れモハンが……」

源次郎さんは手にマイクを持ち、一座を見回した。

同意の拍手があったので、源次郎さんは心を決めたらしい。ポケットに手をやり、何かを探し始めた。このポーズは以前、見たことがあると幸夫は思った。中学時代のバスガイドの姿と重なった時、源次郎さんはポケットから紙切れを取り出していた。

「こイが……、〈田の神さア〉を戻した時の置き手紙です」

源次郎さんは紙切れを広げ、読み始めた。

「この度は二年間ほど、硫黄山の噴火による長江川流域の被害を見てまいった。今年から稲作が再開されるによって、安心してこの地へ帰還するものなり。その間のわがままをご了承ありたし。十月吉日　田の神より」

源次郎さんは読み終えると、深々と頭を下げた。

すると同時に、出席者からわっという歓声と拍手や指笛が上がった。米農家にとって、稲作の断念は死の宣告と同じである。それが〈田の神さア〉のお陰で、稲作の再開が早まったのだ。源次郎さんが頭を下げている間、指笛と歓声はつづいた。

「では最後に、私ン方から……」

今度は、進行係がマイクを握っていた。

幸夫は一瞬、どこかで聞いた声だなと思った。それは義母の実兄であり、〈田の神〉を盗まれた集落のまとめ役であった。伯父は「実は五十年ほど前に大地震があり、あン時は長江川流域の〈田の神さア〉に随分お世話になイモした」と挨拶をした。

「昔も今も、互いに助け合う互助の精神は絶対に必要です。今後ともお互い、助け合っていきモンソ」

伯父はマイクを差し上げ、閉会の挨拶を終えた。

その直後、珍事があった。伯父は「幸夫くんはいますかね?」と言って、周囲を見回したのだ。

幸夫が手を上げると今度は、幸夫の紹介をし始めた。「隣の県境の集落からやって来た姉の婿養子です」と紹介した後、「後ひとつ、いい報せがあります」と言った。

座は一瞬、しいんとなった。

「先月、五人目の子供が生まれモした！　しかも男の子でした！　これでわが町もまだまだ希望が持てますぞ！」

伯父は紹介した後、〈はい、拍手！〉と言いそえた。

決して千代の出産を忘れていた訳ではなく、それほど硫黄山の被害が激しかったのだった。伯父の紹介が終わると同時に、男たちがどっと集まってきた。最初は握手だけであったが、誰かが〈胴上げをしょうか？〉と提案した。

するともう、駄目。

幸夫は男たちに抱き抱えられ、〈わっしょい！　わっしょい！〉と言いながら胴上げをされることになった。マスコミは最近、農業の後継者が激減しつつあると報じている。五人もの子供が生まれたら多分、その中の誰かが農業の後継者になるだろう。

「胴上げはオレじゃねえぞ！　中園先生と田の神さアじゃが！」

幸夫は宙に舞いながら、叫んだ。

叫ぶと同時に、先生と田の神さアの姿が現れた。二人は声をそろえ、〈今後とも互助の精神でタネをまき、そして育て……〉と言った。幸夫は二人にすがりつき、「必ず、言われたとおり頑張ります。どうか今後も、見守ってください！」と何回も叫んだ。

飢餓の兆し？

㈠

動物図鑑を枕代わりにするようになって久しい。

この方が安眠できる。時には図鑑から小動物たちが這い出るから、彼らと会話を楽しんだりする。今朝も目覚めると、二種類の小動物が這い出ていた。一種類はカーテンの裏でエサを食べ、あと一種類はベッドの下で戯れあっている。

「ほれ。オレの食べ残しだ、食えよ……」

倉田は裂きイカを投げやった。

カーテンの裏にいるのはネズミ科のレミングという動物で、体長は十センチほど。体形は小さいが、長くて柔らかい体毛が特徴である。エサはコケ類、草などである。棲息地が極寒の北欧であるから、体重の一・五倍ものエサを食べないと生きていけない。

あと一種は大きなイルカである。

哺乳類ではあるが、サルに劣らないほどの高い知能を持っている。エサは小魚であるが、体形などは種類によって違う。頭部から発するエコー（＝超音波）を利用して、互いに意志伝達を取りあっている。人間どもはこれを利用して、イルカ・ショウを楽しんでいる。

二種類には、共通する不思議な習性がある。

集団自殺をすることである。数年に一度の割で大繁殖をするが、翌年は〈自殺によって〉その存続をはかる。原因にはエサ不足や天敵などが考えられるが、倉田は〈集団自殺だ〉と信じている。気の毒ではあるが、種を保存するには集団自殺をするしかないのだから。

「人間もそのうち、イルカやレミングと同じ運命になるじゃろ……」

倉田はふっと溜め息をついた。

昨夜も寝る前に、大好きな酒を飲んだ。自分は二種類の動物がとても可哀相になって、酒の肴にしている裂きイカを与えたのだった。イルカとレミングが奪い合って食べている姿を見ると、思わず涙が出てきそうであった。

とその時、寝室のドアをノックする音がした。

まさか飢餓に耐えかねて、イルカやレミングの仲間が押しかけてきたのではあるまい。三回目のノックがして、三つ目を強くたたくノックである。この種のノックだったら、妻の紀子だと思っていい。

「もう十時を過ぎたわよ。……あなたに是非、診てほしいとおっしゃる患者さんが来てますよ……」

紀子は再度ノックをし、遠慮がちに言った。

あの浮気女め、昨夜はどこの男と夜を過ごしたのだろう？　自責の念をノックで解消するため、〈十時だから仕事をせよ〉と言っている。オレは今、食糧不足で悩むレミングらに裂きイカを与えているのだ。どこの男と寝たか分からぬお前など見たくもないぞ！

「先生、覚えていますか……？　ほら、例の高校生ですよ。是非、先生に診てほしいと言ってますけど……」

今度は男の声である。

声で判断したら多分、歯科技工師の松川だろう。だったら昨夜、紀子は松川と寝たのかな？　松川は長年、わが家で働いている。だが待て。二人とも〈例の高校生が是非、先生に診てほしい〉と言っている〉と言った。〈例の高校生〉とは誰のことだろうか……？

「ほら去年、登校拒否の高校生が来て……。イルカがどうのこうのと言って、あなたと気心があっていた高校生よ……」

妻の紀子が代わって答えた。

今は二人の不倫など、どうでもいい。小中学生や高校生で、登校拒否になる者は珍しいことではない。しかし〈イルカ〉が関係してくるとその数は限定される。倉田は思い出そうとしたが、止めた。もう昼前であるし、記憶にない患者の診療などまっ平である。

「静香に代わってもらえ。静香で十分じゃが……」

倉田は言い、またレミングらへ裂きイカを与えた。

静香とは長女のことである。歯科院は長男に継がせるつもりだったが、卒業を前に急死した。まさに青天の霹靂であり、あれ以来時間は止まっている。自分は自暴自棄になり、酒に溺れた。今はアルコール依存症になり、寝室でレミングとイルカと遊んでいる。

「患者は静香先生では駄目だと言ってます。……失礼します」

急にドアが開き、松川が入ってきた。

しばらく見ない間に、〈松川も年老いたな〉と思った。顔色はいいが、頭髪がほとんど無くなっている。親父から静香の三代にわたって働いてきたのだから、この歯科院の〈ヌシ〉と言ってもいい。血縁関係でもないのに、医院の経営まで口出しをしてくる。

「あらあら、また飲んだのねえ……？」

松川の背後で、紀子が嘆息まじりに言った。

自分は気づかなかったが、部屋には昨夜の酒の匂いが残っていたらしい。寝室はレミング、イルカ、そして自分が住む場所である。不潔な松川と紀子が入ると、その神聖さが壊れてしまう。

まずレミングとイルカが姿を消し、残ったのは裂きイカだけになった。

「どうしても……、先生でないと駄目だそうです」

「そうですよ。静香よりも、あなたの方がいいんだってヨ……」

松川が言うと、紀子も口を合わせた。

異口同音とはこのことで、二人は同じことを言った。頭のハゲあがった松川と六十前の紀子。

倉田はこの二人の淫乱な姿を想像しつつ、苛々しながらベッドから下りた。次にスリッパを突っかけ、仕方ねえなあ。〈例の高校生〉なら、少しは覚えていると思った。

廊下へ出ると、窓外は晴天であった。

周囲は中山間地で、窓外の風景は山また山である。親父から引き継いだ頃、この地に歯科院は一軒しかなかった。だが娘の静香に後を託した今、歯科院は二軒に増えている。少子高齢化で人口は激減しているのだ、この先の経営が成り立つのかは不明である。

「やっぱ、レミングやイルカと同じじゃろか……？」

倉田は歩きながら、力なく呟いた。

「まあた……、あのレミングやイルカの話ね？」

後の方で、妻の声がした。

医院を二階建に改築したのは親父であった。その頃から二階は居間や寝室などに使い、治療に関することは一階で行っている。妻は急いで、遅すぎる朝食の準備にかかった。準備といってもパンが二枚と目玉焼きで、他にコーヒーを一杯と決めている。

「言っても同じだけど……。やっぱ、お酒はもう……」

紀子は言いつつ、最後のコーヒーを差し出した。

「言っても同じなら……、話すなよ！」

思わず、大声で叫んでいた。

妻は口を開けば必ず〈断酒の会に入れ〉とか、〈思い切って病院に入院したら？〉などと言う。自分は医者である。飲酒が健康に悪いことぐらい、百も承知である。それでも断酒を勧めるから思わず殴ったり、コーヒー碗を投げつけたりしてきたのだった。

「例のほら、高校生のことだけどね……？」

紀子は急に、話題を変えた。

あの登校拒否の高校生であったら、よく覚えている。なぜよく覚えているのかと聞くなら、〈跡取りであった一人息子が死んだ直後であったからだ〉と答える。念願の歯科大学に入学して、これで後継者ができたと喜んでいる時の突然死であった。

「名前はたしか……、翔太だったかしら……？」

紀子も覚えていたらしい。

人生を飛翔して、太く逞しく生きてほしい。そういう願いをこめて、息子には〈翔太〉と命名した。紀子が高校生の名前を覚えているのも多分、高校生の名前が息子と同じ〈翔太〉であったからだと思う。

あの頃夫婦は息子の急死で、絶望のどん底にいた。

紀子は何個もの円形脱毛症を作り、泣いても涙が出なくなっていた。一方、自分は酒に溺れた。毎日大酒を飲み、〈翔太〉という息子を忘れようとした。数年するとアルコール依存症になり、さらに数年後に〈レミング〉と〈イルカ〉に出会ったのだった。

二匹との出会いは衝撃であり、オレを一変させた。

性欲がないから、寝室も妻と別々にした。すると不思議。妻は別の男と交わっていると思うようになった。すると妻が憎くなり、妻へ何回も暴力を振るうようになった。だから自分は〈レミング〉や〈イルカ〉と親しくなり、妻への怒りを和らげていた。

丁度この頃、〈翔太〉という高校生が来院した（と記憶する）。

物忘れがひどくなっている頃だったのに、なぜかあの高校生だけはよく覚えている。名前が〈翔太〉で、息子と同じであったということだけではない。登校拒否をつづける陰鬱そうな顔立ちや、虫歯の程度や治療方法まで正確に覚えている。

倉田はパジャマを脱ぎ、診察衣に着替えた。

息子が生きている頃は毎朝、診察衣に着替えることが当然であった。だが今は違う。息子が急死してからオレはアルコール依存症になり、息子が急死したから、この地の人口はレミングやイルカみたいに減っていると思ってしまう。

深く呼吸をして、居間から階段へと向かう。

おやっと思った。すぐ後から、妻の紀子と歯科技工師の松川が用心深くついてくる。二人は先程、オレを診療室へ呼び出すために寝室へやって来たはず。だから後をついてきて当然だが……。そう思うともう駄目。二人がベッドインした時の様子が頭をかすめた。

振り向きざまに、妻を殴ってやろう。

そう思ったが、距離が離れすぎていた。ならば何かを投げつけてやろう。そう思ったのだが、階段には手摺りがあるだけである。仕方なく妻を睨みつけ、〈いい歳しやがって、この淫売めが！〉と呟いた。妻は振り向き、〈何か言った……？〉と小声で言った。

イライラしながら、階段を下りきった。

ここが長年、わが歯科院が使っている仕事場である。すぐ前が待合室で、その横が便所である。残りを診療室、事務室、レントゲン室などに使っている。三代にわたって、わが家の胃袋を満たしてくれた場所でもある。久しぶりに見るせいか、懐かしいと思った。

「先ほどから、お待ちかねですけど……」

女事務員が近づき、優しく声を掛けてきた。

倉田はまた、〈おやっ?〉と思った。女事務員の態度が何となく、不自然な感じに思えた。女事務員は〈オレがこの部屋に久しく入っていないから〉、嬉しいのだろうか? それとも他に、重大な理由でもあるのだろうか……?

倉田は一瞬、入るべきかで迷った。

実は数年前、これと全く同じ情景を見たことがある。さて、あれは何だったのか? 今は娘の静香が治療しているところで、歯を研磨する〈ジーン、ジーン〉という音が聞こえる。〈そうだ!〉。あれは数年前、初めて〈例の高校生〉を診た時であった。

(二)

あの時も、〈ジーン、ジーン〉という音がしていた。

すぐ隣のユニット(=治療椅子)では、インターンを終えたばかりの静香が歯の研磨をしていた。ユニットは予備用を入れて三つある。一つのユニットは静香が使い、その横のユニットで患者が治療の始まるのを待っていた。ああ、あれが〈例の高校生〉である。

「女の先生じゃ、駄目なんだって……」

静香が笑いながら言った（と記憶する）。

怒ってはいないようで、ほほ笑みながら〈例の高校生〉へと顎をしゃくった。都会で働いた頃、故郷のこの地へ移住させた頃である。静香には申し訳ないと思ったが、静香はすなおに応じてくれた。さてこの高校生、どんな難題を抱えているのだろうか……？

「丁寧に診てね……、ご指名だから」

静香は微笑みつつ、顔をしかめた。

静香が帰郷したのと、オレが〈アルコール依存症〉になったのは同じ頃である。息子が急死した頃でもあるから、頭がかなり混乱もしていた。高校生はなぜ若い静香を嫌い、なぜ〈アルコール依存症〉のオレを指名したのだろうか……？

迷いつつ、高校生のユニットへと向かった。

患者は確かに、〈例の高校生〉であった。挨拶もせず、目を閉じたままであった。無愛想であるのは登校拒否に関係があるのか、最近はこの種の若者が増えている。そう思った時に、別のユニットに初老の女性が立っているのに気づいた。

「孫が世話になります。どしてン、男の先生でネといかんチ……」

初老の女性は方言で代弁した。

最近は時々、保護者が診療室まで入ってくることがある。治療が心配であるのは分かるが、ああせよと指図されるのは困る。幼児ならば仕方がないが、目の前の患者は高校生である。祖母の介助なしでは通院できないのか、それとも重症の登校拒否なのか……？

「はい、口を開けてください」

女の歯科技工士が促した。

まだ十代の若者なのに、高校生の口の中は歯石だらけであった。この種の歯石は喫煙者か、歯磨きを全然しない患者に見られる。歯の現状を調べるため、口中のレントゲン写真を撮るしかない。歯科技工士に指示して、高校生をレントゲン室へと案内する。

先ず、そのレントゲン画像を見て驚いた。

「虫歯が痛てえ、痛てえチ言うて……」

高校生の祖母が先ず、言い訳をした。

だが倉田は他のことで驚いていた。患者名がなんと、鈴木〈翔太〉であった。顔の形や体型は別人であるが、名前は死んだ息子と同じ〈翔太〉である。ただ名前が同じ〈翔太〉であるだけなのに、急に親近感がわいてきた。

「娘が都会に出チ結婚をしたケンド、離婚をして……。そン後もいろいろあって、翔太は今、ワシが面倒を見チョります……」

祖母は聞かないのに、現状を話しはじめた。

誰かに今の苦況を話して、理解してほしいのだろうか……？　この地区には限界集落が多くて、もはや冠婚葬祭もできなくなっていると聞く。〈レミングやイルカ〉みたいに、地区全域から人が消え去るのかも知れない。

「虫歯が……、三本あるねえ」

倉田はユニットに戻って、高校生へ説明した。

目の前のレントゲン画像に、高校生の歯の全容が映し出されていた。黒く見える部分が虫歯の疑われる部分であるが、現在痛がっているのは右奥にある大臼歯《だいきゅうし》だと思える。倉田はピンセットでその大臼歯を軽くたたき、〈痛むかい？〉と聞いた。

「そ、それ……。多分それです……」

答えたのは祖母であった。

高校生はピンセットで触れた時だけ、顔をしかめて痛がった。だが痛がっても、まだ一言も話してはいない。登校拒否にはいろいろの原因があると聞くが、黙っていると何も分からない。この患者みたいに黙り込まれると、今後の治療も予想ができない。

「今日はスケーリング（＝歯石除去）と……、この一番痛い歯を治療しようかね？」

倉田は仕方なく、自分の考えを提案してみた。

高校生は軽く頷いた。倉田は先ずほっとして、スケーリングに取りかかった。静香と同じように、〈ジーン、ジーン〉という音を響かせて歯石を除去していく。数回に分けるのが良心的だと判断し、今日は虫歯のない左下顎だけをスケーリングしてみた。

「娘は結婚しチ、すうぐ離婚したっデス。……娘はまたすうぐ再婚したかイ、コン子はオナゴが好かンごツなってね……?」

祖母は高校生の身の上話をし始めた。

高校生は目を閉じたまま、何も話さなかった。でもこれで少し、分かってきた。最近の離婚は珍しいことではなく、一種の社会現象になっている。母親はすぐ別の男と再婚したという。再婚とは妻の紀子みたいに、別の男と肉体的に交わることである。

「許せンよなあ……?」

倉田は思わず、呟いていた。

例え社会現象であっても、既婚者が肉体的に他の異性と交わることは許されない。オレが淫らな妻を許さないのと同じであり、絶対に許されるものではない！　そう思うと不思議。この高校生がなぜ、〈登校拒否になったのか〉分かる気がしてきた。

すると不思議。高校生が愛しく思えてきた。

高校生は母親を許せないと思ったから多分、〈オナゴ嫌い〉になったのだろう。同じ理由で、〈女の先生に治療してほしくない〉と頼んだと思える。オレが妻を疑っているように、この高校生も〈オナゴ嫌い〉である。だったら全て、オレと同じであるが……？

「高校一年の時、コン孫を引き取りました。真面目に勉強をするだろうチ、思ったんジャけンど……」

祖母はここまで話すと突然、黙った。

いや黙ったのではなくて、高校生によって話を中断されたのだった。高校生は祖母の袖口をぐいと引っ張り、目をむいていた。自分は母が信用できなくなって、学校を休むほど〈オナゴ嫌い〉になった。恥ずかしいことなのに、祖母は自慢気に話している。

他にも、不審に思えることがあった。

祖母が〈真面目に勉強をしチ……〉と言った時、顔をしかめたのだ。学校に関する何かを話したいが多分、心配だったのだろう。だったら〈イジメ〉か、それに類する何かであるだろう……？　高校生が怒っているので、治療室は険悪な雰囲気になっていた。

「少し……、チクっとするけど……」

倉田は気分を変えるため、高校生にかがみ込んだ。

虫歯は右奥にある大臼歯である。この治療をするには、抜髄《ばつずい》をした方がいい。抜髄をするには先ず、麻酔用の注射をしなければならない。そのために高校生にかがみ込んだのだが、高校生は痛がらなかった。母の再婚は嫌だが、この種の痛みは平気らしい。

「治療には二週間かかるけど……。この病院で大丈夫かい？」

抜髄の後、倉田は消毒をしながら確かめた。

高校生は理解できなかったのか、怪訝《けげん》そうな顔をしていた。この病院で虫歯治療をすれば多分、二週間も学校を休まなければならない。学校の近くにも歯科医院はあるが、〈この病院で治療をつづけるのかい？〉という意味であった。

倉田は念のため、学校名を聞いてみた。

隣の地方都市にある進学高校へ通っているそうで、下宿はしていないらしい。多分バス通学か、電車通学をしていると思える。限界集落の多いこの地には歯科医は少ないが、隣の地方都市だったら数か所はある。記憶が正しければ、学校の近くにもあったと思う。

「ここで……、いいス」

高校生がはじめて口を開いた。

長く黙っていたので声がかすれ、若者らしい生気もなかった。だが倉田には、そのかすれ声こそ新鮮に聞こえた。数年前、この高校生と同じ〈翔太〉という名の息子が死んだ。その息子が黄泉から帰ってきて、かすれ声で〈ここでいいス〉と言ったように思えた。

「でも、二週間も学校を休むことになるよ……」

倉田は再度、確認してみた。

本当はここへ通院してほしいのに、自分は本意と反対のことを助言しようとしている。もし隣町の歯科医院にしたら、学校帰りに立ち寄って受診してもいい。その方が便利であるし、勉学にも支障が少ないと思える。

その後、いよいよ抜髄の治療になった。

抜髄とは歯神経を抜き取る治療である。入念に消毒した後、抜髄する歯へドリルをかけていく。麻酔が効いたのか、痛みはないようである。丁寧に一本ずつ、右奥にある大臼歯の歯神経を抜き取った。久しぶりの治療なのに、満足な仕事ができたと思った。

「どうだ……、痛むかい？」

やさしく聞くと、高校生は頭を横に振った。

抜髄した歯には大きな穴ができ、虫歯の悪さを物語っている。息子と同じ〈翔太〉という名前だから緊張したし、疲れも感じていた。穴には消毒した脱脂綿を数日間詰め、様子をみるつもりである。今後数回の通院で多分、患者〈翔太〉の虫歯は完治するだろう。

「あの……先生。……イルカは本当に、自殺すっトですか……？」

言ったのは祖母で、とても唐突な質問に思えた。

倉田は驚愕《きょうがく》した後、先程まで寝室にいた動物を思い出した。しかし〈自殺〉という言葉を聞いて一瞬、頭が混乱してきた。答えようがなくて黙っていると、高校生は治療椅子を降りた。それでも黙っていると、高校生は礼も言わずに治療室を出ようとした。

「その……、イルカがどうしたツネ……？」

倉田は頭を整理した後、先ずは聞いてみた。

高校生は案の定、不快な顔をして振り向いた。何か言いたいが思い止《とど》まり、それだけ激しくドアを閉めた。この種の質問は今まで、聞いたこともなかった。だが高校生に激しくドアを閉められると、倉田も気になった。急いで後を追って、待合室へ出た。

「だからその……。イルカは自殺すっトですか、せんトですか？」

言ったのは高校生ではなく、祖母であった。

高校生はすでに、靴棚のところにいた。次にスリッパをズックに履きかえ、不機嫌そうに出ていった。祖母はしばし、〈イルカの自殺〉について話すべきかで迷っていた。しかし高校生に急かされて、〈じゃまた二日後にお願いします〉と言って出ていった。

㈢

その後の二日間、どのように過ごしたのか記憶にない。

〈翔太〉という名の高校生の記憶は鮮明に残っているが、他の記憶はモヤがかかったように不鮮明であった。治療室に出なかったのは確かであるから多分、寝室にこもって酒を飲んで過ごしたのだと思う。

その間、〈断酒の会〉への誘いがあった（ようでもある）。

このまま飲酒を続ければ多分、わが家の歯科院は消滅するだろう。それは百も承知であるが絶対、〈自分は酒を止められない〉。数年前、わが家の歯科院を継ぐはずの息子が死んだのだ。酒を一杯も飲まずに、生きれるものか！

いつも自分を正当化し、酒に溺れる日々を過ごした。

だが不思議、二日後になると違った。朝九時になると落ち着かなくなり、モヤのかかった意識が晴れてきた。すると歯科医師の意識が蘇り、家族と一緒に朝食をとった。そして〈翔太〉という名の高校生の通院を期待しながら、診療室へと向かった。

その日、娘の静香が目くばせをした。

不思議に思って見回すと、隣のユニットに例の高校生が座っていた。倉田は正直、信じられないと思った。高校生は二日前と同じように無表情であり、顔に生気がないのも先日と同じであった。

「どうだ……、痛くはなかったかい……？」

倉田はやさしく声をかけた。

まずはこの二日の間、歯神経を抜いた後が痛まなかったかを確かめた。聞いても答えないから、痛まなかったのだと判断した。前回は虫歯のない左下顎の部分であったから、今回は治療した右奥の大臼歯あたりのスケーリングから始めた。

「ふむ……、大分よくなったね」

倉田は意識して、できるだけ明るく対応した。

二回もスケーリングをしたのだ。口臭が消えて、歯がきれいになるのも当然である。問題は抜髄をして、穴ポコ状態になった場所である。倉田は脱脂綿を抜き取って、大臼歯の穴ポコ内を注意深く調べてみた。

嬉しいことに、全ての経過が良好であった。

今後何回か消毒をすれば多分、インプラントができるだろう。穴ポコを入念に消毒した後、虫歯の治療にとりかかる。その前に、先日のレントゲン写真を再点検した。右上顎部の歯と左下顎部の歯が虫歯にやられ、色が茶色っぽく変色していた。

「ここ……、痛くはないかい……?」

それぞれの虫歯をピンセットで、軽く打診してみた。

しかし高校生は質問を無視して、しばらく黙っていた。我慢づよいのはいいが、痛い時には〈痛い〉と言ってもらわないと正確な治療ができない。倉田はふと、二日前の〈気まずい別れ〉

を思い出した。

あの時も怒って、玄関口まで出たのだった。

あの時の原因は治療ではなく、確か〈イルカは自殺するか否か〉であったと記憶する。高校生がどちらの説を支持するのかは別として、高校生がイルカに深い関心を持っているのは確かだろう。

「学校では何か……、部活動をしているのかい？」

倉田はやんわりと聞いてみた。

「わしヤ知らんケンド……、確か生物部ジャッたかね……？」

驚いたことに、答えたのは付き添いの祖母であった。

祖母が代弁したのに、高校生は目を閉じたまま黙っていた。今日も多分、無断欠席をしたのだろう。だが学校は無断欠席しても、歯医者との約束は守ったことになる。高校生はいつもよりも早く起床して、約束の午前十時前に通院したことになる。

「最近は……、学校へ行ってないのかい？」

お節介な質問だと思いつつ、聞いてみた。

多分〈断酒の会〉やアルコール依存症の場合と同じである。彼らは必ず、〈酒が止められないんですね？〉と聞いてくる。医者だから、酒を大量に飲めばアルコール依存症になることぐらい知っている。知っていても、止められないから〈依存症〉になるのだ。

「生物部で多分……、何かあったのでしょう……」

倉田は胸をちくちくさせながら、話を進めた。

すると不意と、先日の帰りぎわの風景が心を過《よぎ》った。高校生は生物部に入部したのだが多分、部内で登校拒否をしたくなるような〈何か〉があったのでは？　例えば部活内で、〈イルカは集団自殺をするか否か？〉が話題になったと仮定してみる。

「都会の学校と田舎ン学校じゃ、テゲ違うゲナ……」

祖母は間髪を入れずに説明した。

倉田はなるほど、そうかもしれないと思った。離婚した母が嫌いになって、祖母のいるこの地へ引っ越してきたとする。学校では同じ生物部に入ったが、馴染めない点がいくつもあった。その一つが、〈イルカは集団自殺をするのか否か〉であったと考えてみる。

「だからオレ……、学校が嫌になったんス……」

高校生が急に口を開いたので、倉田はびっくりした。

〈以心伝心〉という四字熟語がある。まさに熟語どおり、同じ事態が起きたのだった。倉田の想像したことが高校生の心に映し出され、それに対して高校生が対応するのでは？　自分と生前の息子との間で、この種の珍事はなかったのだが……。

「そうです。じゃかイ……、コン子は登校拒否になったっデす。わしヤもう、娘には顔向けもでケンとですヨ……」

祖母は急に元気になり、けらけらと笑った。

倉田も元気づいたが、高校生は無反応であった。祖母は再婚した娘から孫をあずかったが、孫は田舎の学校になじめず登校拒否になってしまった。大切な孫なのに、不登校になったら娘には顔向けができないのでは……？

祖母にとっては多分、〈イルカ問題〉は難問だろう。

何しろ、〈イルカは集団自殺をするか否か〉である。人間はときどき自殺をするが、果たしてイルカも自殺をするのだろうか？　そんなことよりも、娘の期待どおりに孫を育てることがずっと大切である。

「それで翔太君は一体……、どっちに賛成なんだい？」

倉田は恐るおそる聞いてみた。

今は右上顎の虫歯に取りかかり、麻酔注射をしているところである。開けて見てみないと何とも言えないが大分、虫歯になっていると思える。歯神経のある歯をタービンで削ることになるが、最近は痛くないように麻酔をするのが常道である。

「イウカは……、自殺などしないス……」

研磨をしている時、高校生が言った。

はじめての言葉であるが残念、麻酔のために言葉が判然としない。それに時間が経っていたから、最初は言葉の意味すら分からなかった。それでも前後関係から想像して、〈イルカは自殺などしない〉と言っているらしいと思った。

「ということは……、君以外の部員は〈イルカは自殺する〉と言ってるのかい？」

倉田は念のため、確認してみた。

まだ麻酔が効いているのか、高校生は黙って頷いた。これで大方、登校拒否の原因が分かってきた。〈イルカは自殺をするか否か〉で部員との意見が合わなくなり現在、高校生は〈登校拒否になるほど〉悩んでいる。

「君は……、レミングという動物を知ってるかい？」

マズイ質問かなと思いつつも、聞いてみた。

すると高校生は〈よく知ってます〉と即答し、〈たしか……、北欧に棲息するネズミ科の小動物のことでしょう？〉と聞き返してきた。倉田は思わず驚き、〈さすがは都会にある高校は違うな……〉と思った。

しかし反面、〈待てよ〉とも思った。

この高校生は生物部の部員であるから、ここまで知っている。しかしイルカと同じように、レミングも集団自殺をするのを知っているのだろうか？　オレは〈レミングも同じように自殺する〉と信じて毎日、彼らに食べ物を与えている。

「動物が自殺をするなんて……、バカバカしい妄想スよ。自殺をするのはただ……、人間だけス……」

高校生は断定的に言い、くすっと笑った。

まるで生物部の部員と口論している時みたいに、目が輝いていた。倉田は一瞬カッとなったが、今は治療中だと思って自制した。この高校生は〈イルカは自殺するか否か〉で登校拒否になり、オレは息子に死なれてアルコール依存症になっている……。

「まあその……、いろいろな説があるからね」

ここは曖昧に答えて、治療に専念するしかない。

歯根が見えたところで突然、異臭がした。異臭がするほどに、虫歯の状態は悪いという証拠である。ウツ状態になると日常的な生活ができなくなるが、この登校拒否になった高校生も歯磨きなどはしなくなったのだろう。

治療は先日と同じことの繰り返しであった。

今日の治療はすべて終わったのだが、何とも複雑な気持ちになっていた。さてこの感情は一体、何だろうか？　多分、レミングの自殺だろう。オレは〈人間以外にも自殺をする動物がいる〉と信じているのに、この高校生は〈自殺などしない〉と信じている。

「レミングはやっぱ……、自殺する動物だと思うケドね……？」

ああ、また言ってしまった。

予定していた治療が終わったのだ、歯科衛生師は高校生の胸からエプロンをはずし始めた。この時、思いがけない〈アクシデント〉が起きた。高校生が衛生師の手を払いのけ、すっと立ったのだ。次に舌打ちをして、祖母と一緒に待合室へと急いだ。

「次の予約日ですけど……」

歯科衛生師はあわてて呼び止めた。

だが高校生は振り向きもせず、激しくドアを閉めた。困ったのは祖母で、何度も〈すんモハん、すンモハん〉と言って腰をかがめて詫びた。しかし歯科衛生師は無視し、半分強制的に予約日を決めて帰宅させた。

(四)

例によって、予約日までの記憶がない。

いや正確に言えば、今回は思い出したくないのだった。だって数日前、高校生と自分は〈イルカは自殺するか否か〉で気まずい別れ方をしたのだから。予約どおり二日後の午前十時過ぎになっても多分、例の高校生は通院しないと判断したのだった。

倉田の予想は的中した。

久しぶりに寝室を出て、時間にあわせて治療室に入った。しかし残念、肝心の高校生もつき添いの祖母の姿もなかった。娘の静香は予想していたかのように黙りこみ、ドリルを〈ジーン、ジーン〉と響かせている。

「朝寝をしたんじゃないの……?」

静香は手を休め、慰めるように言った。

そうかもしれない。登校拒否とは一種の心の病であるから、不眠になっているのかも知れない。不眠になると当然、朝寝をする。朝寝を期待して二時間ほど待ってみたが、無駄であった。ついに我慢できず、歯科衛生師に頼んで高校生の自宅へ電話をかけさせた。

「バアちゃんが出たけど、患者さんは電話に出ません……」

間もなくして、事務員が報告にやってきた。

「治療はまだ終わってないカイ、医者として放っとけんジャろが!」

我慢できずに、怒鳴ってしまった。

事務員はむっとした顔になり、ドアをはげしく閉めた。せっかく高校生と知り合えたのに、これじゃ最悪である。今はあの高校生と会うことだけが楽しみであり、今朝は早起きまでした。もう我慢できない。倉田は自分で番号を調べ、高校生宅へ電話をかけた。

「あ、先生ですか？　ご迷惑をかけモす。……孫ですか？　すンません。翔太は今、寝チョッとですヨ……」

祖母は何回も、〈すンません〉をくり返した。

もう手の打ちようがないし、〈イルカは自殺するか否か〉などどうでもいい。オレは歯医者であるのだ。医者は患者の病気を治すのが仕事であって、何よりも治療を優先させるべきである。倉田はそう心に決めると、在宅治療に出かける準備にかかった。

「危ないわよ。父さんは病気なんだから……。運転だけでも、母さんに頼んだら？」

娘は手を休め、心配そうに言った。

妻の紀子に運転を頼めという。〈馬鹿も休み休みに言え〉と言いたい。最近、紀子の化粧が一段と派手になっている。きっと新しい遊び相手でも見つけたのだろう。あんな淫売女に、オレの命を任せられるものか！

「心配せんでよかが。運転は衛生師に頼むかイ！」

倉田はだんだん気が高ぶってきた。若い頃は、――というよりも息子が急死する前までは、――ごく時々、紀子の運転する車で在宅治療へ出掛けた。町に一軒しかない歯科院であり、山のつづく中山間地である。あの頃は幸せだったと今思う。だが息子が急死すると、何もかもが狂ってしまった。

「頼むかイ……、無理はせんでネ」

いつ出てきたのか、妻の紀子が近くに立っていた。

「名前が翔太じゃかイね……。そりゃ私だって母親だから、翔太の在宅治療に出かけてみたいわよ。でも……、谷川地区は遠いし、危ないツヨ……」

紀子は心配なのか、顔をしかめた。

心配して顔をしかめたのか、オレの留守を喜んでいるのかは不明。妻とベッドを共にしなくなって久しい。しかし一緒にいると、ああせよこうせよと注文ばかりつけてくる。オレが留守にする時間を利用して多分、こっそり別の男とベッドを共にしたいのだろう。

倉田はぶつくさ言いつつ、強引に出発させた。

なるほど紀子が言うように、高校生の住んでいる谷川地区は遠かった。名前が示すように、道路は谷川にそって延びていた。谷川ぞいに人家が点在しているが、その大方は屋根にペンペン草の生えた廃屋である。これがわが町の現状であり、将来像だろうか……?

進むにつれて、気が重くなってきた。

町の現状を見て、レミングやイルカを実感もし始めた。人類は今、裕福と便利さだけを追い求めて地方を捨てようとしている。将来に希望が持てなくなり、今では子供も生まなくなっている。だったら人間も将来、レミングやイルカみたいに集団自殺をするのでは？

やっとのことで、翔太の家を捜しあてた。

小さな集落の中に、高いテレビアンテナの立つ家があった。アンテナが立つとは人が住んでいる証拠であり、高くないと電波が山に遮られるからだろうか？　あちこちに廃屋になった家があり、その周囲は草ぼうぼうの耕作遺棄地になっていた。

玄関に立つと、祖母が待っていた。

めったに人と会う機会がないのだろう、にこにこ笑って出迎えてくれた。子供たちはいたが、今は都会へ出て独立しているらしい。数年前に夫に先立たれたそうで、翔太がやってくるまでは独居生活であったらしい。

「遠かったでしょう。……昔ヤ賑やかじゃったケンど、最近は若ケ働《わけ》き手は誰アれもおらんトですよ……」

祖母は言い、けらけらと笑った。

昔は若ケ衆がたくさんいて、村の祭では神楽舞いを盛大に舞っていたらしい。人口も多かったが、今は激減しているらしい。冠婚葬祭もできないから、まさに限界集落である。病気になっても、病院へ連れていく人もいないという。

祖母の愚痴まじりの現状報告は長くつづいた。

倉田は気の毒に思ったが、〈早く高校生に会わせてくれ〉と頼んだ。祖母は思い出したのか、〈でしたでした〉と言って中へ案内した。家は昔風の農家づくりで、祖母は最奥にある部屋の前に立った。初夏だというのに、部屋はきちんと閉めきってあった。

倉田は再度、高校生に会わせてくれと頼んだ。

「翔ちゃん！　翔ちゃん！　歯医者さんが来ンなさったよ……」

祖母は叫ぶように、呼びかけた。

倉田は〈まるでオレと同じだな〉と思った。毎朝十時頃になると、誰かが寝室の外から〈患者さんが来たわよ〉と呼び掛けてくる。オレは北欧のレミングたちと遊んでいる最中であるから、誰が何と言おうとも黙っている。

オレと同じように、翔太も返事をしなかった。

祖母は襖を開けにかかったが、襖はびくともしなかった。病院を出る前に電話連絡をしたのだから多分、準備はできていると思っていた。しかし実際はその反対だったようだ。翔太は誰とも会いたくないのか、意地になって襖を閉めているのでは……？

「翔ちゃん！　ほら翔ちゃん……！」

祖母は襖をたたき、孫の名を呼んだ。

すると不思議、倉田は急死した息子の〈翔太〉を思い出した。オレたち夫婦も〈翔ちゃん！翔ちゃん！〉と呼んでいた。しかしこの翔太は違って、襖を閉めて会おうともしない。理由は全て〈イルカの集団自殺〉にあるわけで、これを利用してみようか？

「例の……、イルカの件だけどね……？」

倉田は襖のすき間から、呼び掛けてみた。

しかし残念、何の返事もなかった。それでも諦めず、〈イルカの集団自殺〉という言葉を何回か使ってみた。万策尽きたと思った頃、襖の中で何か物音がした。倉田はもしかしたら、襖が開くかも知れないと思った。

「あれはやっぱ……。君の言うとおり、自殺じゃないかも知れないネ……」

倉田は襖に近づき、小声で話しかけた。

「自殺するのは人間だけであって、……下等なイルカやレミングが自殺することなど考えられないよ。……ぼくの考えは間違っていた。……許してくれ……」

倉田は〈ああ、言ってしまった！〉と思った。

何たる暴言だろう。〈オレが間違っていた。許してくれ〉とは何たる暴言！　オレは今でも、レミングは数年に一度、北欧の岩場で集団自殺をすると信じている。この事実をわが町の限界集落に重ねて、そのうち同じような事態になると信じているのに……！

「君の虫歯はまだ治療中なんだよ……。治療をしながら、またイルカの自殺について君と話をしようかね……？」

説得はその後も、しばらくつづいた。

祖母は説得に感動したのか、何度も涙を拭いた。都会で結婚した娘が離婚をし、〈孫の面倒をみてくれ〉と頼まれたとする。祖母は一人暮らしだから、気楽に引き受けた。しかし孫の翔太は学校を休むようになり、今は苦労ばかりである。

㈤

数日後、大変な事態になった。

例の高校生が自殺を図り、その遺書に〈イルカの自殺論〉が書いてあったらしい。高校生は〈イルカは自殺しない〉と言ったが、歯科医は〈イルカは自殺をすると言った〉と書いていた。するとマスコミが取材に来たが、歯科医の倉田は応じなかった。

それでもマスコミは連日、取材に来た。

数頭のイルカが砂浜に乗り上げたり、レミングが北欧の断崖から落下するのは事実である。これが人間の〈自殺〉と同じであるか否かは別として、〈イルカの自殺論〉は否定的であった。これでは高校生が正しいのか、倉田が正しいのかは不明である。

数日後、ほっと安心する記事が載った。

高校生の祖母の証言によって、刑事問題にはならなかったのだ。あの時、倉田は自説を曲げて、高校生が治療に来るようにと説得した。祖母はあの説得に感動したのか、孫の自殺を〈刑事告訴〉するのを断念したのだった。

当然であるが、倉田の生活は大きく変わった。

酒の量が一段と多くなり、治療室にも出なくなっていた。終日、〈イルカ〉と〈レミング〉と一緒に暮らすようになっていた。今はただそれだけが楽しみであり、酒を飲んでは〈イルカ〉と〈レミング〉にエサを与える日々がつづいている。

倉田は今、寝室を出て階段を下りたところである。

この下に医療事務の部屋があり、その隣に治療室、レントゲン室などがあるはず。従業員やわが家全ての家族の胃袋を満たすための資金を稼ぐ場所でもある。もしこれらの部屋がなかったら即、イルカやレミングみたいに餓死するだろう……。

「先ほどから、治療室でお待ちかねですけど……」

とその時、女事務員が呼びにきた。

久しぶりの治療室であるから、入るのも躊躇した。しかしこの不吉な感覚は一体、何だろうか？　隣の治療台から、娘の静香が研磨する〈ジーン、ジーン〉という音が聞こえてくる。静香も頑張っているのだと思うと、少しだけ心が和んできた。

「先生が来られました！　さあ、どうぞ……！」

すぐ後で、歯科技工士の松川が叫ぶように言った。

松川は今朝も、オレを起こしに寝室までやってきた。昨夜も多分、妻の紀子と一緒に寝たと思える。オレは紀子の夫であり、松川は単なる従業員である。〈礼儀知らずメ、許さんゾ！〉と思って、思いっきり松川を睨んでやった。

「患者さんがね、ぜひ話がしたいんだって……」

言ったのは娘ではなく、妻の紀子であった。

松川も紀子もいい歳である。恥ずかしくないのか並ぶように立って、口をそろえて〈患者さんが待っている！〉と叫んで急きたてる。そう思うと、急に嫉妬感が襲ってきた。入室すべきかで迷っていると、図々しくも松川が背中をどんと押した。

「今は、私一人だけでは……」

治療室に入ると同時に、女の声がした。

見ると娘の静香であり、今にも泣き出しそうな顔をしていた。倉田は一瞬、〈どうしたのだろうか？〉と思った。娘は子供の頃から明るい性格であり、親の言うことは何でもよく聞いてくれたはずだが……？

「私だけの経営では無理みたい……。早く父さんに……、元気になって……」

娘が目頭を押さえると、倉田は数年前を思いだした。

あれは息子が急死した頃である。息子と同じ〈翔太〉という名の高校生が来院すると、静香は微笑みながら高校生のカルテを渡した。しかし今は違って、〈私の力だけじゃ経営は駄目だ〉と言って泣いている。これは一体、何が起こったのだろうか……？

「これは初めまして！　待ってましたよ、先生！」

隣のユニットから、急に男が立ち上がった。

自分は〈翔太〉という名の高校生だと思っていたのに、後頭部のハゲた中年男性であった。祖母がつき添っていた場所には、元気そうな男も立っていた。これは一体、どうしたのだろうか？

なぜ〈翔太〉という高校生ではなくて、頭のハゲた男なのだろうか……？

「ごめんね、私が頼んだの。だって……、今のままじゃ……」

娘の静香はついに、目頭を押さえて泣いた。

すると妻はつかつかと静香へ近づき、肩を抱きながら〈いいの、いいのよ〉と言った。どうやら、これには〈隠された事情〉があるらしい。それもオレの全く知らない事情であり、〈娘が泣きだすほど切実な事情〉であると思える。

「この人たち……、隣町の県立病院の方なの。私がお頼みしたの……」

妻が涙声で言うと、男たちは一歩前へ出てきた。

倉田はその様子を見て、〈テレビ映画で警官が犯人を逮捕する場面に似ているな〉と思った。

男二人が警官であるなら、オレは犯人である。その証拠に男たちはオレとの距離をちぢめると突然、両脇からオレを挟んできた。

「ダマしたな！　お前ら。オレをダマしたな！」

叫ぶと同時に、倉田は目の前にある紙コップを投げていた。

いつもは妻へ投げつけたが、慣れている妻はひらりと体をかわした。しかし今日は違って、紙コップは男へ投げつけたのだった。突然の攻撃だったので、紙コップはみごと男の頭に命中していた。男はにやりと笑うと、構わず詰め寄ってきた。

「ご免なさい。病気なんですから」

謝ったのは妻だったのか、娘だったのかは不明。

「オレをどうすッとか？　殺すトか、それともレミングみたいに自殺させるッとか？」

「さあ、どうしましょうかね……？」

ハゲた男はくすっと笑い、摑んだ腕に力をいれた。

すると若い男が駆け寄り、倉田を羽がい締めにした。すると残念、もはや身動きができなくなった。オレの体力がそれ程まで弱っているのか、それとも男たちがこの種の仕事に慣れているのかは不明。

「今日から……、施設に入りましょうかね……?」

若い男がついに宣告した。

〈そうだったのか! やっぱそうだったのか!〉と思った。〈断酒の会〉に入っても長続きがせず、病院へ行っても効果はなかった。酒を止めれば、全てが解決するかも知れない。だが一人息子が急死したのだ。〈断酒など、絶対にできない!〉と思っていた。

「おい、お前ら! 限界集落って知ってるよなあ。いいか。間もなくすれば、この町からも人がいなくなるんだぞ! 町のみんながレミングみたいに、姿を消すんだ! それでもいいのかい? ええ、答えろよ!」

「はい、はい。分かりました……、分かりました」

男たちはオレを捕獲し、オレは男たちを軽蔑した。

倉田は最後の力をふりしぼり、両足を窓側の壁にあてがって抵抗した。ひょいと窓外を見ると、北欧のフィヨルドがずずいと広がっていた。絶壁の断崖はどこまでもつづき、そのいたる所で小動物〈レミング〉がエサを食べていた。

この地は僻地であるから、食糧が極端に少ない。

それでもレミングは食糧を求め、仲間と争いながら〈岩のコケ〉に頼ってきた。あるレミングが〈岩コケ〉に駆け寄っても必ず、他のレミングが横取りした。残った行動はただ一つ、〈極寒の海へと飛び込むことだけ〉である。

「よーく見ちょレ……！　オレもワッドン（＝お前ら）につづくかイね！」

倉田は叫ぶと同時に、窓外へ身をおどらせた。

一瞬身体が宙に浮き、フィヨルドの断崖を勢いよく落下していると感じた。それも一瞬のことであった。落下の途中で身体が柔らかい人間の腕のようなものに支えられ、急に止まった（ように思えた）。

思いの記

――新聞掲載、追悼文、随筆、詩、その他から私は若い頃、各種の新聞社や団体から原稿依頼をされ、それに応じてきた。その内容は随筆や詩、追悼文、活字文化の衰退など、多岐にわたっていた。以下、手元に残っている資料などを読みなおして、当時を思い出してみる。

一．書くということ

(1) 自分史について

今から数十年前、自分史が静かなブームになっていた。私は宮崎日日新聞社からの原稿依頼を受け、「自分史」の書き方などについて一年間ほど連載した。以下はその一回目の文である。

「昭和二十三年十月、私は石野田の初蔵おじいさんの世話で、農協へ就職することができた。しかし仕事は何も知らないし、できなかった。ただ体だけは自信があり、六十キロの米俵も担ぐこともできた……」

右記の文はある自分史講座生が書いたひとこまである。

今、この種の「自分史」が静かなブームになっている。全国では年間、三万冊もの「自分史」

が発行されているという。私が宮日文化情報センターの「自分史」講座の世話役を引き受けてから、一年が過ぎようとしている。

「自分史」の講座であるから、熟年者が多い。

それでもみなさんは毎週、きちんと原稿を書いてくる。「自分史を書く」とは、「人生のひとこまを切り取って活字に置きかえ、それで原稿用紙のマス目をうめる作業」のことである。文章にすれば一行で済むが、実際は大変である。つい気の毒になって、〈毎週は提出しなくてもいいですよ〉と言いたくなるほどである。

しかしある講座生は言った。

「原稿を書くのは確かに苦しい。でも毎月、この日がくるのが待遠しい」という。理由は自分の本の形が少しずつできていくからではなく、講座へ行けば同時代を生きた仲間に出会えるからだと言う。仲間に自分の身の上話を聞いてもらい、反対に仲間の苦しみや楽しみを聞くことで、自分の人生を再認識することもできる。

再認識は〈生きるパワーにつながり、エネルギー源になる〉らしい。

世話役にとって、誠にあり難いことである。

しかしこのパワーはどこから来て、ものを書くとは一体どういう意味なのだろうか？　そこで私は以下、次の点に留意して書くつもりである。①「自分史」の内容や社会的な背景。②講座の舞台裏と問題点。③初歩的な文章の書き方。④本作りについて。⑤「自分史」と文学の関係などである。

書いても多分、内容が前後するかもしれない。

また講座生の許しを得て、講座生の文章を本紙に掲載するつもりである。掲載するのが目的ではなくて、新聞の読者に〈これなら、自分にも書けるかも〉と思ってもらうのが目的である。

（平成十三年一月二十二日月曜日　宮崎日日新聞の「自分史講座」から）

(2)　文章の書き方

情報化社会が急速にすすむと当然、〈活字ばなれ〉も急速に進むことになる。宮崎日日新聞社は危機感を感じたのか、私に子供向けの〈作文の書き方〉を書いてくれと依頼してきた。私は国語ではなく、英語の教員であった。悩んだ末に「ツトム先生の楽しい文章教室」という題にして、一年間ほど書くことに決めた。以下の文はその一回目のもので、テーマは「読書感想文は易しい作品から」。

私は今、高校時代の読書感想文のことを思い出している。

結論から先に言えば、私はこの読書感想文がきっかけで〈文学大好き人間になった〉と思っている。私は実業系の高校生であったので、文学作品などを読む機会はほとんどなかった。従って文学への関心もないから、作文の成績はいつも最下位の〈C〉であった。

しかし宿題が出たら、書かないと先生に叱られる。

そこで私は森鷗外の「高瀬舟」を選んだ。理由はいたって簡単。国語の教科書で習っていたし、十三ページほどの短篇であったからである。私はこの作品を読んで、どんな感想文を書いたのか正確には覚えていない。しかしわが家も貧しい農家であったので、主人公に同情する文章を書いたと記憶する。

すると不思議なことになった。

作文の成績が〈C〉から〈B〉に上昇したのだ。さてここで、〈作文を苦手とする人の読書感想文〉へと戻る。私はこの時の経験から、次の三点を勧める。①本は易しい内容のもので、しかも短篇であること。「高瀬舟」のように、授業で習った作品であればさらにいい。②次に選んだ理由を書き、感銘をうけた内容（＝「高瀬舟」であれば、安楽死と殺人や、貧しさと社会の仕組みなど）を書き添える。③その本で自分がどのように変わったのかを書いて、〈結び〉とする。

以上は私の実体験からの助言である。

作文が苦手な人は最初から、難度が高い推薦図書などは選ばない方がいいと思う。先ずは易しい短篇を選んで挑戦すればきっと、少しずつ上達すると思う。

（平成二十七年四月一日土曜日　宮崎日日新聞の「ツトム先生の楽しい文章教室」から）

(3)「なぜ入選しないのか？」

文学への興味関心が高まってくると、人は何故か〈他人から認められたい〉と思うようになる。応募作品のことである。しかし残念。いくら応募しても、なぜか簡単には入選しない。それはなぜだろうか？　この疑問について、私は自分の苦い経験を思い出しながら次のように書いている。

せっかく作文を書いても、先生から必ず誉められるとは限らない。

同じように、せっかく文学賞に応募しても、必ず入選するとは限らない。それどころか反対に、何回応募しても入選しない場合が多いのが現実である。私はその頃、〈みやざき文学賞〉と〈九州芸術祭文学賞〉の選考委員をしていた。その経験や各種の資料を利用して、この難問に対して次のように書いている。

〈なぜ入選しないのか〉の反対は〈なぜ入選したのか〉である。

だとしたら、〈入選した理由〉の反対が〈落選した原因〉になる。その理由は五つあるとされる。①として〈訴えるものがあること〉、即ち読者に与える〈迫力〉があるか否かである。②は全体を通じて、苦しみや悩みが書いてあること。③他人の真似ではなく、目新しさがあること。④作者だけではなく、読者を説得する力があること。⑤会話の文に工夫があること。

以上の五つが、「なぜ入選しないのか?」の私の答えである。

当然のことながら、これだけで十分ではない。何回応募しても落選するが、また立ち上がって応募するその〈根性〉である。その延長線上にはきっと、「入選」という花が咲いていると私は信じる。

（平成二十七年十一月二十一日　宮崎日日新聞の「ツトム先生の楽しい文章教室」から）

二　大地に聴く

(1)　随筆「神々の山・霧島」

鹿児島県の新聞社（＝南日本新聞社）から、原稿依頼があった。掲載されたのが平成五年の四月であるから、私はまだ五十歳代の前半であった。故郷の背後に聳《そび》える懐かしい霧島連山を題材にして、私は題名を「神々の山・霧島」にして随筆を書いている。

宮崎市から、私の故郷である隼人町までは約百キロである。国道10号線を南下するだけで到着するが最近、私は別のルートを使っている。先ず小林市へ向かって進み、高原町の狭野神社あたりで左折するコースである。一帯はシグナルが少ないし、〈神話に囲まれているから〉私の好みのコースになるからだ。

霧島連山は今でも、人々の心の拠り所である。

人々が神々と自由に語らっていた遠い昔、この一帯には〈クマソ族〉、〈ハヤト族〉らが住んでいたと資料は伝える。火山活動は現在よりも多分、活発であったはずである。だから当時の原住民にとって、霧島連山は〈畏敬の象徴〉であったと思える。

車が御池《みいけ》に差しかかると急に、雑木林の中に入る。

それでも明るい場所が点在し、車窓からは霧島山の峰々が飛びこんでくる。私は勝手に〈クマソ族やハヤト族〉を妄想しながら運転をし、〈彼らは今でも雑木林の中で狩りをしているのだろうか……?〉と思ったりする。

車が雑木林を抜けると、急に視界が開ける。

しばらく進むと前方に、霧島神宮の鳥居が見えてくる。私が幼少の頃、この地区は〈東襲ノ山村〉と呼ばれていた。従って、私の生れ育った故郷は〈西襲ノ山村〉と呼ばれていた。だから故郷は霧島神宮の西側に位地し、海抜もかなり低い位置にある。

その低位置は〈姶良カルデラ〉と呼ばれている。

私は〈姶良カルデラ〉の火口壁にへばりつく形で、車を国分平野へ向けて駈け下りていく。今から二万年ほど前、地核変動による大爆発があった。形成されたのが〈姶良カルデラである〉と資料は伝える。故郷が近づくにつれて前方を見ると、桜島がどんと居座って私を迎え入れてくれる……。

（平成五年四月五日月曜日　南日本新聞のエッセイに掲載）

(2)　随筆「水の音」

次の文は私が第二十三回九州芸術祭文学賞を受賞した時のもので、取材地である西都市の寒川地区を訪ねた時の紀行文である。廃村になった集落を訪ねると、近くを流れる小川の音が聞こえてきた。私には違和感に思えたので、題名を「水の音」にした。

私は今、廃村になった跡地を訪ねるところである。

住民が村を集団で離れたというテレビ放送を聞き、私は現地を訪ねたところである。江戸時代の〈逃散一揆〉と同じであるから、村人は〈もうこれ以上は我慢できない〉と決断したのだろう。今は民主主義国家であるのに、彼らはなぜ〈逃散〉したのだろうか？

とその時、水の音が聞こえてきた。

全ての住民たちが集落を逃げ出し、今は各家の雨戸がしっかりと締められて廃屋になっている。あの音は一体、何だろうか？　私は不安と好奇心に負けて、ある廃屋へと近づいてみた。音はこの家から聞こえるのだが一体、その音源はどこにあるのだろうか？

さらに近づくと、音源らしきものが分かった。

周囲には誰も住んでいないのに、すぐ近くに小川が流れていた。音源は間違いなく、この小川であると私は思った。水がないと人は生きられない。ここは多分、その大切な水源地であったのだろう。だが住民たちは立ち去り今、この集落には誰も住んでいない。

理由は多分、〈より豊かな生活をするため〉だったと思える。

すると小川は流れを弛《ゆる》めて、〈あなたは本当に、住民たちは豊かになったと思いますか？〉と聞いてきた。私は答えようがなく、しばらく黙っていた。すると突然、〈もうこの村はイヤだ。今後はこの地を離れて、都会で豊かな生活をしよう！〉と叫ぶ村人の声がした（と私は思った）。

水は他にも話していたが、私は黙っていた。

すると不思議。水は怒って突然、〈ゴウ！　ゴウ！〉という轟音をあげ始めた。びっくりして顔を上げると、それは私の勘違いであった。すぐ近くに自衛隊航空基地があり、そこから飛び立つ飛行機の音であった。あれは本当に、私の勘違いであったのだろうか？　地方が急速に疲弊していく現在、今もってあの轟音の真意は不明である。

（平成五年二月二十五日木曜日　読売新聞社のエッセイに掲載）

(3)　随筆「黒潮に乗せて」

私は五十歳の頃、「地上文学賞」を受賞した。

農業をテーマにした作品ばかりであったし、この頃の農家は家畜の伝染病〈BSE〉で苦慮していた。その頃に「ばあちゃんのBSE」という題で、第五十回地上文学賞に応募して受賞したのだった。作品は全国の農協関係者に読まれていたのか、ある珍事が起きた。愛媛県宇和市にある「宇和みかん共同組合」から電話があり、そこの機関誌に随筆を書くようにと頼まれたのだ。私はタイトルを「黒潮にのせて」として、一年間書くことにした。次の文はその第一回目であり、題は「サトイモと九州山脈」。

運のいいことに、愛媛県と宮崎県は黒潮で繋がっている。両県とも高温多湿であり、産業は一次産業が中心である。唐突で失礼ではあるが、縄文人たちは一体、何を食べていたのでしょうか？　木の実や小動物、魚や雑穀類などが考えられる。〈サトイモである〉と答える考古学者がいるが、私もこの推論に賛成する一人である。理由は簡単で、〈サトイモの原産地は東南アジア〉という説があるらしい。

私は今、太古の頃の日本を想像している。

古代日本人たちは東南アジアからイカダに乗り、北上する黒潮を利用して日本へ渡ってきたと考えられている。そのイカダには多分、〈サトイモが括《くく》りつけてあった〉と私は信じている。従ってイカダは南九州や四国に流れ着いて、〈サトイモと一緒に定着した〉と思われる。

〈サトイモ〉には多くの利点がある。
湿気さえあれば、どこでも栽培できるという利点である。料理も簡単であり、栄養も豊富である。さらに親イモ、子イモ、孫イモなど、どうにでも栽培ができる便利な作物である。私は縁あってこの一年間、この種の随筆を書くことになりました。駄文になるかも知れませんが、今後ともよろしくお願い致します。

（平成二十年四月号　愛媛県宇和島市の宇和みかん共同組合機関誌「うわみかん」に掲載）

三．私の〈影〉になった人たち

(1) 追悼文① 中山正道さん

私は文学仲間が死ぬと必ず、同人誌や新聞などに追悼文を書いてきた。彼らは等しく、宮崎県の文学をリードしてきた先人たちであった。例えば詩人の金丸桝一、散文の黒木淳吉や黒木清次など、本県のリーダーたちであった。私に大きな影響を与えた文人として、以下の二人に絞ってみた。先ずは評論家であった中山正道さんの追悼文である。題を「教育は影である」として、宮崎日日新聞社の依頼に応じた。

評論家であった中山正道さんが先日、九十四歳で永眠された。

中山さんは宮崎市の同人誌「龍舌蘭」ばかりではなく、都城市の同人誌「笛」や「霧」などでも活躍されていた。中山さんは時々、「私が文学に目覚めたのは富松良夫から影響を受けたからです」と言われた。富松良夫は都城市が生んだ偉大な文人であり、その影響を受けた人は数多くいる。

実は私は何回となく、中山正道さん宅を訪問していた。勤務校が近くの泉ヶ丘高等学校であったこともあり、常に生原稿をもって訪ねていた。私だけではなく、近くの学生や大人たちも指導を受けているると奥様が教えてくださった。中山さんは若い頃、富松良夫に心酔していたと聞いた。だからその時に受けた〈恩返しをしたい〉と思って、私たちの指導をしていたのかも知れない。

〈教育は影である〉という格言がある。

これは教育現場に限ったことではなく多分、〈年配者は後輩たちにいい影を落とせ〉という意味も含んでいると私は思う。情報機器がこうも発達した現在、若者たちの〈活字ばなれ〉は止まらなくなっている。原因を単に、〈情報機器の発達〉だけに求めていいのだろうか？　私は違って〈現在、中山さんのような熱心な指導者がいないからでは？〉と思っている一人である。

（平成二十二年三月　宮崎日日新聞に掲載）

(2)　追悼文②　阿万鯱人さん

阿万さんは当時、何らかの理由で同人誌「龍舌蘭」を脱会していた。

発表の場が欲しかったのか、住宅地である月見ヶ丘に〈ペンの会〉を立ち上げた。私が宮崎南高校に勤務している頃で、まだ三十歳代であった。学校のすぐ近くであるから、私は駄作を持参して何回も訪問していた。

他にも多くの仲間たちがいた。

音楽家の高橋政秋さん、高校の国語教師の興梠英樹さんなどである。間もなくさらに数人が加わり、阿万さんは〈ペンの会〉を同人誌「遍歴」へと改名した。数十年後には阿万さんが鬼籍に入り、私は同人誌「遍歴」に追悼文を書いたのが次の文である。

私はその頃、同人誌「龍舌蘭」の会員でもあった。

するとある日、阿万さんは〈「龍舌蘭」をやめて「遍歴」だけにしぼれ〉と言った。私は大いに迷ったが、〈駄作を読んでもらっている〉という負い目もあったので指示に従った。そのような理由で現在、私は「龍舌蘭」の会員ではない。当時の南高校は一日に九時間授業をするほど、〈厳しい進学指導〉をしていた。私は他に生徒会の指導をしたり、県卓球協会の理事でもあった。阿万さんは多分、心配になったのだろう。私へ時々、電話をするようになった。

「どうです、書いていますか……?」

阿万さんは必ず、この言葉を使って話し始めた。

それは私の厳しい日常生活が心配だったのか、それとも強引に「龍舌蘭」を退会させたのが原因だったのかは不明。他にも、阿万さんがよく注意した言葉がある。〈あんたの文章は長すぎる。余分なことは書かず、もう少し削ぎ落とせ〉という言葉である。

この言葉を聞いて、吹き出す人もいるのでは？

阿万さんは若い頃、ロシア文学に没頭していたと聞く。だから当然、阿万さんの文章は長文であった。それでも私は鹿児島県出身者であれば、〈年長者の指示には絶対に従う〉を守ったと思っている。その結果が現在の私であり、今も「龍舌蘭」の会員ではない。私は体調次第で時々、作品が書けなくなる時がある。すると決まって、遠い天国から阿万さんの電話がかかってくる。

「どうです、書いていますか……？」

（平成二十二年三月　同人誌「遍歴」に掲載）

(3)　追悼文③　金丸桝一さん

金丸桝一さんには懐かしい思い出が多く残っている。

教員になった頃、私は文芸誌「龍舌蘭」に加入した。正直に言って、金丸さんを通して〈文学仲間が増えた〉と言ってもいい。彼は〈酒大好き人間〉でもあり、合評会後の酒席は大いに盛り上がった。〈アンポンタン！〉と叫ぶのが癖で、〈アンポンタン〉と呼ばれたら〈文学仲間だと認められたと思えばいい〉と噂されていた。私はある二次会席上で初めて〈アンポンタン〉と怒鳴られ、喜んだのを記憶している。

数年後、私は日南市の新設高校へと転勤になった。

まだ建設中の学校であったから、図書館も体育館もなかった。ある日、私は校長から校歌を作詞するようにと言われた。書いてはみたが自信がなく、私は金丸さんに相談した。歌詞はできても曲がないと、校歌にはならない。そこで少し訂正された歌詞を持って、私は宮崎大学の教授に曲をつけてもらった。でき上がった時、校長から小金をもらった。私は小金を独り占めにすることができず、その半分を金丸さんへ送った。すると後日、〈アンポンタン！　今あン金で飲んじょるが……〉という電話があった。

例のごとく、かなり酔っている様子であった。

数年後にやっと体育館が完成し、正面の舞台横に校歌が展示された。

私は作詞者の欄に一人だけ、〈鶴ヶ野勉〉と書かれるのを嫌がった。たとえ少しであっても、金丸さんが訂正したのだ。そう思って、私の横に〈補作金丸桝一〉と書くようにと強く要望した。私の思い通りになったのだが、残念。その学校も創立三十年をもって、今は閉校になっている。原因は〈地方の過疎化現象〉であるが多分、金丸さんは〈アンポンタン！〉と叫んでいるように思える。念のため、校歌は以下のとおりである。

日南振徳商業高校校歌

作詞　鶴ヶ野　勉
補作　金丸　桝一
作曲　海老原　直

(一)
潮の音遠き　朝ぼらけ
光りかがよう　南方《みんなみ》の
ほまれの里は　わが誇り
歌えよ青春　肩くみ交わし
和をふかめんと　集うかな

(二)
老杉わたる　薫風《くんぷう》に
親しみなごむ　人々の
さやけき里はわが心
学べよ青春　自由を語り
夢育てんと　集うかな

(三)
見よ海原に　雲わきて
日は遥かなり　不死鳥の
常磐の里は　わがのぞみ
鍛えよ青春　力のかぎり
天翔けなんと　集うかな

(平成二十二年三月　同人誌「遍歴」に掲載)

熟柿

(一)

その日は晩秋で、南国の空は晴れわたっていた。

春義の家の庭には渋柿が植わり、赤く色づき始めていた。渋柿は名前のごとく渋いから、生では食べられない。焼酎か囲炉裏の灰でシブ抜きをするか、真っ赤な熟柿《じゅくし》に熟《う》れるまで待たないと食べられない。

その日は運悪く、庭の渋柿は一個しか熟れていなかった。

祖母はその熟柿を落とすと、当然のように弟へ手渡した。春義も食べたかったが残念、祖母にとって可愛いのは末っ子の弟である。弟は真っ赤な渋柿を頬ばりつつ、童歌《わらべ》を歌いながらカエル釣りを楽しんでいた。

「正月、三日《みっか》、盆、二日《ふっか》、アッタアシ(=勿体ない)、放生会《ほぜ》一日《ひして》……」

時は先月、戦争が終わったばかりの頃である。

まだ地主制度があり、貧しい農民たちは地主から農地を借りて暮らしていた。米は貴重品であるから、農民が米を食べてもいい日は決まっていた。正月は三日間だけ、お盆には二日間だけ。そして放生会（＝命日）には、一日だけ食べてもいい。

米は当時、それほど貴重であった。

だから当然、〈アッタアシ〉（＝勿体ない）ことになる。弟が突然、こちらを振り向いた。弟は祖母に貰った熟柿を頬張りつつ、にっと笑った。頭には皮膚病の白クモがはびこり、顔にはホロセもできていた。下は素足で、着物は汚れた半纏《はんてん》である。

春義は一瞬、〈まるで土手カボチャだな？〉と思った。

カエル釣りはいたって簡単。糸の先に揉みほぐしたヨモギの葉をくくりつけ、カエルの前に垂らす。カエルは昆虫と間違え、食らいついてくる。捕らえたカエルを手の平に寝かせ、仰向けにして腹をさする。カエルは気持ちよさそうに、手足を伸ばして眠る。

ここで終わりではない。

釣ったカエルの尻に麦ワラ棒を突っこみ、空気をぷっと吹きこむ。腹は見る間に大きくなって、張り裂けそうになる。弟はそんなカエルを用水路に戻すと再度、カエル釣りをして楽しんでいる。

少年はそれを見て、〈まるで地主と小作人だな〉と思った。

すると一瞬、腹立たしくなってきた。

弟が〈地主〉であるなら、カエルは〈小作人〉である。カエルは〈地主〉のヨモギに騙されて何回でも釣り上げられ、お尻に麦ワラ棒を突っこまれて腹が大きく腫れる。少年はそう思うと急に、腹立たしくなってきた。

「おい、もう止めンか！　熟柿も絶対、食うな！」

春義は大声で、弟へ叫んでいた。

と突然、近くに寝そべっていた飼い犬の〈タロー〉が激しく吠えはじめた。最近はエサ不足で、かなり痩せ細っていた。〈タロー〉はまるで、〈オレだって空腹なんだ、お前の熟柿をオレにも食わせろ！〉と叫んでいるように見えた。

しかし次の瞬間、優しく〈クンクン〉と鳴きはじめた。

残酷な話であるが、この地には〈犬を殺して食べる〉という風習が残っている。〈タロー〉は多分、その風習を思い出したのだと思う。ここでは怒りをこめて吠えるよりも、甘えるように〈クン、クン〉と鳴いた方が得策だと思ったに違いない。

弟は熟柿を食べ終えると、カエル釣りを再開した。

春義は心の中で怒ったが、〈仕方がない〉とも思った。弟は末っ子であるから、熟柿を食べる権利がある。とても馬鹿バカしいことではあるが、この地の風習であるから仕方がない。自分は小学二年生であるが、弟はまだ五歳である。

春義は今、祖母の農作業を手伝っていた。

採りたての籾《もみ》を地干しにし、唐箕《とうみ》を使って米と籾殻《もみがら》に選別する作業である。この米の一部は地主へ納めると思えば腹立たしいけど、仕事が順調に進んでいると思えば嬉しくもある。

春義は内心、楽しい気持ちにもなっていた。

地干し作業が終わったら、地主へ〈上納米〉を持っていく。後は〈自給米〉として少しだけ残し、残りは〈供出米〉として農協会へ持っていく。今は戦争が終わって間もない。お国のために戦った兵隊さんたちに是非、この〈供出米〉を腹いっぱい食べてほしい。

ここまでは、お国の決まりごとである。

しかし農協会へ米を持っていくと必ず、父は楽しいことをしてくれる。帰りには決まって雑貨屋に立ち寄り、何かを買ってくれるのだから。今年も多分、そうなると信じる。春義はその場面を想像すると急に、心が高まってきた。

「こン米が全部……、わが家ンとじゃれば良かドンね……」

祖母が突然、小声で呟いた。

孫たちを喜ばせるために言ったのか、それとも常々そう思っていたのかは不明。まず弟が〈何ンちゃ……?〉と応じ、こちらを振り向いた。自分の家で収穫した米が何故、他人の米になるのか解せないという表情をしていた。

「こン米ン半分は、そこン伝蔵さんの物ジャッでね……」

祖母は苦笑し、伝蔵さんの家へと顎《あご》をしゃくった。

被っていた手ぬぐいを解くと、身体についたホコリを落とした。すると作業着から、白いホコリがぱっと飛び散った。伝蔵さんは地主だから、家は高台にある。春義の家が湿っぽい用水路に面しているのに対し、伝蔵さんの家は日当たりがいい。

「ゾノ（＝上納米）を出せば、半分は無《ネ》ごつなってでね……」

祖母は再度呟き、後片づけをし始めた。

怒るでも泣き言でもない、ごく普通の態度である。ずっと後になって知ったことであるが、祖母の言った〈半分は無ごつなる〉は間違いであった。当時の地主は収穫の六割を受け取り、小作人は残りの四割をもらったと資料は教える。

「馬鹿ロしか！　まこチ馬鹿ロしか！」

とその時、叫び声と物音がした。

弟は釣ったカエルを溝に投げ捨て、怒ったように駆け寄ってきた。祖母が呟いた〈上納米を地主に納める〉という言葉に腹がたったらしい。弟は足元の箕《み》をはげしく蹴とばしていた。箕はひと跳ねして、裏返しになっていた。

「ばアはん。オイはこン米は誰にも、やアンど！　ヤアんでなア！」

弟は米俵にしがみつき、激しく揺すった。

だが残念。米俵はびくとも動かず、どんと居座っていた。祖母はその様子を見てげらげらと笑い、春義も一緒に笑った。しかし弟の様子が異常に思えたので、〈弟も父から何か買ってもらおうと思っているのでは……?〉と心配になった。

「そア、しっかいと持たンか……」

唐箕の後から、祖母の声がした。

地干し作業が終わったら、唐箕を家に持ち帰らねばならない。春義は唐箕の前に立ち、祖母は後で支え持っていた。春義には重すぎるし　、背も低かった。唐箕の脚がごつごつと腰に当たり、前には進めない。懸命に支え持ち、やっと用水路の橋を渡りきった。

春義は再度、惨めさと怒りを感じた。

この感情は多分、祖母の言った〈上納米を出せば、半分は無ゴツなる〉と関係があった。ああ、何たることだろう！　今年こそ、農協会からの帰り道、父から独楽《こま》を買ってもらうつもりだったのに……！

数日後、春義は弟をつれて農協会へ行った。

父は例によって、戦場の兵隊さんのために〈供出米〉を出した。しかし雑貨屋には立ち寄っても、弟に〈ビー玉〉を買ってやっただけであった。春義は〈オイにもコマを買ってくれよ〉とは言い出せなかった。

(二)

あれは数年前、空襲が激しくなった頃であった。

空襲警報は丘に特設された櫓《やぐら》から、男がメガホンで〈空襲警報発令! 空襲警報発令!〉と連呼することから始まる。すると山陰から敵機(=B29)が現れ、爆弾を投下して去っていく。緊急事態である。農家は作業を中断して、防空壕へ逃げこむ。

その日はなぜか、少し違った。

昼食の途中に逃げ込んだのに、敵機はなぜか姿を見せなかったのだ。壕の中は常に湿っぽくて、薄暗い。すると必ず、血に飢えたヤブ蚊が襲ってくる。家族はヤブ蚊を追い払いつつ、敵機が去るのを待っていた。しかし敵機は去らず、飛び回っていた。

「本当に、敵機ジャッドかいな……?」

母は心配そうに、祖母へ言った。

戦時中であるから、誤報も多かった。例えば〈空襲警報〉が発令されて、防空壕へ逃げこんだとする。壕の中で大声で話すと敵機が気づき、〈焼夷弾〉を投下されると教えこまれている。でも〈ゴーン〉という轟音がするから、小声など聞こえるはずがない。

母は煎り豆を取り出し、家族へ配りはじめた。

壕へ逃げ込んだのは二人の姉を含め、みんなで七名であった。他に長兄がいるが、今は陸軍兵士として国を守っている。春義と弟はいつも空腹であるから、すぐ母が配った煎り豆を食べはじめた。

壕内ではすぐ、〈コッ、コッ〉という音がし始めた。

春義は心配になり、〈父母に叱られるのでは？〉と心配になった。父がお国を護る〈警防団員〉であるなら、母は〈国防婦人会〉会員である。しかし空腹には勝てない。壕内はすぐ、〈ガリ、ガリ〉、〈コッ、コッ〉という音で満ちてしまった。

「お母ハンも、食べあんせ……？」

母はやさしく言い、祖母へ煎り豆を手渡した。

家族の中で、祖母だけが煎り豆を食べていなかった。食べていないのではなくて多分、歯が抜けているから、煎り豆は食べられないのだった。防空壕はシラス大地をくり貫いて造ってあるから、祖母の両肩にはシラスが降り積もっていた。

「やっぱ……、ケナエ（＝中風《ちゅうぶ》）かねえ……？」

母はため息をつき、祖母から離れた。

半年ほど前、祖母は軽い中風の発作に襲われた。すると身体の左半分が不自由になり、会話や歩行が不自由になっている。伯父が南方で戦死したという報せが入った直後であったから多分、その時の悲しみが中風の原因だったと思える。

＊　＊

「何チや、国男が戻っきたとか……？」

数日後の夜、祖母が床の中で言った。

祖父が病死した後、少年は庭つづきの隠居で祖母と一緒に住んでいた。〈国男〉とは戦死した伯父の名前であるから、〈戻ってくる〉ことなど考えられない。今の言葉は多分、中風による戯《たわ》言《ごと》である。そう思うと恐くなり、春義は床の中で身震いをした。

その後も、祖母の戯言はつづいた。

国男伯父は祖母の末っ子であると聞く。

誰にとっても、末っ子は特別に可愛いらしい。戦死したという公報が入っても、書類の中には遺骨もなければ遺書も入っていなかった。だから祖母は多分、国男伯父はまだどこかで生きていると固く信じているのだった。

祖母は寝る前、戯言を毎日のように言った。

国男は戦死したのではなく、まだ南洋のどこかで生きている。祖母は固くそうだと信じて、国男伯父へ〈伍長よ、元気をだせ！〉などと語りかけた。当時は戦死すると、位がひとつ上がる制度があった。だから戦死した国男伯父は〈上等兵〉から、〈伍長〉へ特進していた。

「伍長はいつ、戻っくッドかね……？」

祖母の戯言を聞くと、春義の身震いは強まった。

「ワイ（＝お前）が戻っくっ時ヤ、セッペ（＝精一杯）祝いをすッデね……」

ある夜、祖母は床の中で呟いた。

死者との会話であるから、春義はさらに身を固くした。身震いしていると、祖母は〈ひッ、ひッ、ひッ〉と笑いながら、春義の肩を揺すってきた。恐怖心はつのるばかりで、少年は布団をつかんだまま放さなかった。

「冬も近ケかい、南洋も寒ミじゃろね……？」

祖母は言いつつ、布団から立ち上がった。

農機具類が収納してある小屋へと向かうと、何かを点検する音が聞こえてきた。祖母は多分、〈機織《はたお》り機を探しているな〉と思った。しかし戦時中の今、食糧以外の農作物の生産は禁止されている。だから機織りなど、できないはずだが……？

しかし春義は内心、嬉しくも思った。

弟が生まれて以来、家族の愛情は全て弟へ注がれるようになっている。熟柿がいい例であり、熟柿を食べる権利は末っ子である弟と決まっている。しかし祖母は今、オレに〈布を織ってやる〉と言った。これ以上の喜びはないのだが……？

春義は体質的に、風邪をひきやすい。

風邪をひくと鼻水が出るから、その鼻水は袖口で擦り取っている。だから袖口は当然、糊づけしたように固くなっていた。もし祖母がオレのために布を織ってくれたら多分、オレは風邪を引かなくなって、鼻水も出なくなるのでは……？

そう思ったが、〈待てよ？〉とも思った。

祖母は〈お前に布を織ってやる〉とは言ったが、〈お前〉とはオレではなく、〈国男伯父〉のことなのでは……？　祖母は今、〈認知症〉になっているのだ。布を織ってやる相手は国男伯父であって多分、オレではない。

そう思った時、先日の地干し作業を思い出した。

祖母はあの時、地主の伝蔵さんへ〈上納米を出せば、半分は無ゴツなってネ〉と言ったと記憶する。あの時祖母が変なことを言ったから結局、自分は父から念願の独楽を買ってもらえなかったのだった。織物は材料になる綿がないと、絶対に織れない。

生糸は現在、〈贅沢品〉と言われている。

祖母はその後、父へ綿花を植えるようにと迫った。しかし綿花は食料品ではないから、父は綿花を植えようとはしなかった。それでも祖母は諦めず、ついに猫額ほどの畑に綿花を植える許可を勝ち取っていた。

祖母はあの時、〈二枚舌を使った〉のだと今思う。

綿花を植える理由はただ一つ、〈国男伯父に半纏を織ってやるため〉であった。しかし父に頼む時は必ず、〈孫たちにも半纏を織ってやッカいね……〉と言ったのでは？　本当にそう思っていたのか、それとも〈末っ子を思う母心〉であったのかは不明。

綿花のタネを植えたのは四月頃であった。

初夏が近づく頃でもあるから、山ではコジュ鶏が忙しそうに巣作りを始めていた。コジュ鶏の鳴き声は皮肉にも、綿畑のすぐ近くの山であった。すると祖母は例によって、〈ヒッ、ヒッ、ヒッ〉と笑いながら綿畑の手入れをしていた。

「貧乏鳥がエレ（＝大層）、喜んで鳴いチョルが……」

祖母は笑いつつ、仕事をつづけた。

コジュ鶏は一般に、警察官みたいに〈チョット来い、チョット来い〉と鳴くと言われている。しかし祖母の耳には〈チット（＝少し）食え〉、〈チット食え〉と聞こえるから、〈貧乏鳥〉になったらしい。これも多分、母心だったのかも知れない。

綿花はその後、〈母心〉と共にすくすくと育った。

タネを蒔いたら、除草や畑の見回りをしなければならない。春義は祖母の手を取って、何回も綿花畑へと登った。シラス台地であるから滑りやすく日当たりも悪い。二人はゼイゼイと言いながら坂道を登り、白い綿花が咲くのを待った。

祖母はその日も、朝から機嫌がよかった。

米の収穫時期と同じ頃、綿がついに白い花を咲かせた。花が綿花になるのを待って、二人はつみ取り、籠の中に入れた。待ちに待った綿花の収穫であるから、祖母は異状なほど機嫌がよかった。鼻歌を歌いながら、機織り機の修理もした。

しかし残念、これが祖母の最後の幸せになった。

収穫した綿花を袋に移し、持ち帰ろうとした時であった。祖母は急にその場にへたり込むと、〈アア、アア……〉と喘ぎはじめたのだ。心配になって覗きこむと突然、祖母の口から泡みたいな汚物が吹き出てきた。

脳梗塞の発作に襲われたのだった。

少年は恐くなって、〈バアハン、バアハン！〉と呼びかけた。助けを求めて周囲を見回したが、シラス台地には誰もいなかった。もし泡が喉に詰まったら、祖母は死ぬかもしれない。春義は祖母を横向きに寝かせると、助けを求めて坂道をかけ下った。

家まで帰ると、父は急いで隠居の雨戸を外した。

その雨戸を持って、父と母の三人で綿花畑へと駆けあがった。すると父は雨戸を担架代わりに使い、祖母を雨戸に乗せて帰ることになった。父は何度も舌打ちをし、〈綿なんどを植ユッカイ、罰が当たったんじゃが……〉と言った。

生命は助かったが、〈罰が当たった〉のは正解だった。

中風で二度も倒れたら、大方は死ぬのが常識である。しかし祖母は違って、〈母心〉のため雑草のように生き残った。〈国男伯父はまだ生きているし、海の底を歩いて戻っクッデね〉などと言って家族を困らせている。

㈢

その年の夏、恐ろしい戦争は終わった。

噂によれば、原子爆弾が二発、広島と長崎に投下されたからだという。原子爆弾は〈ピカッ〉と光って〈ドン〉と爆発するから、別名を〈ピカドン〉と呼ばれていた。止せばいいのに、弟はその真似をし始めていた。

先ず、両手で道路の白砂をすくい取る。

次に、その砂を用水路へと放り投げる。すると不思議。白砂は水面に落下すると、まるで〈ピカドン〉と同じ形になって舞い上がるのだった。弟は自慢そうに、この遊びを何回もして遊んでいた。

春義は小学生であるから、全く違った。

学校の先生は毎日のように、〈日本は絶対に勝つ！〉と怒鳴っていたのだから。しかし天皇による〈玉音放送〉を聞いて、春義は驚愕して泣いた。これは〈報国隊員〉であった父や、〈国防婦人会員〉であった母も同じであった。

しかし不思議、敗戦は嬉しいことでもあった。

もう〈空襲警報〉は発令されないし、防空壕へ逃げこむ必要もない。敵機〈B29〉が襲ってくることもないから、壕の中で蚊に血を吸われることもない。弟は用水路で自由に〈カエル釣り〉ができるし、自分も父から〈独楽〉を買ってもらえるかも知れない。

さらに数年後、予想もしないことがあった。

米軍が嬉しいことをしてくれたのだ。先ず日本を〈軍事国家〉から〈民主国家〉へと作り変えるらしい。さらに地主制度を破棄し、今後は地主の伝蔵さんへ〈上納米〉を納めなくてもよくなるらしい。その改革者が敵国米軍のマッカーサー元帥だという。

しかし残念。祖母は呂律《ろれつ》が回らなくなっていた。

〈マッガサ（＝松毬）が良カコツ、スイゲナ〉と言って、小便を垂れるのだった。マッカーサーが行った農地改革はこの上なく有り難いことであるが、〈マッガサ〉とは松の実のことである。父は〈チッ〉と舌打ちをし、家族はげらげらと笑った。

その後も、祖母の病状は悪化していった。

国男伯父が戦死したという公報は数年前に届いたのに、祖母は国男伯父は生きて帰ってくると信じきっていたのだった。国男伯父は末っ子であった。〈末っ子を思う母心だ〉と思えば微笑ましいが、祖母の戯言と小便の臭さは増すばかりであった。

「こら臭セ。何か臭せドね……？」

隠居を訪ねた人は決まって言い、あたりを見回した。

隠居は祖母の小便だけではなく、腐った食べ物の臭いも漂っていた。わが子は南洋で戦死したが多分、海の底を歩いて帰国すると信じているのだった。腹を空かしているから、食べ物を与えたい。祖母はそう願い、部屋のあちこちに食べ物を隠していた。

春義はもう、我慢できなくなっていた。

理由は多分、祖母の手伝いをした地干し作業と関係があった。祖母はあの時、弟だけに熟柿を与えた。さらに〈地主に上納米を出せば、半分はなくなる〉とも言った。自分はあの時、父から〈独楽〉を買ってもらいたいと願っていたのに……。

(四)

春義は我慢できなくなり、祖母との同居をチヨ姉に頼んだ。

年末の夜はひどく寒かったが、家族は囲炉裏で暖をとっていた。最も暖かい場所は〈横座〉といい、父が座る。父の左側を〈カカ座〉といい、母はここに座る。右側を〈客座〉といい、ここには来客が座る。一番寒い土間を〈木尻〉といい、下男や下女が座る。

これが決まりであるが、その夜は様子が違っていた。

復員してきた長兄が土間で、夜ナベをしていた。春になると葉タバコを植えるが、兄はその苗床に使う菰《こも》を編んでいた。するとツツコロが触れ合い、〈コロン、コロン〉と音をたてる。葉タバコ作りは現金収入につながるから、我が家の大切な副業である。

家族は他の理由で、かなり緊張していた。

囲炉裏の自在鍵には甘酒の入った土鍋がぶら下り、甘い匂いを放っていた。滅多にないことだから、春義と弟は気が気ではなかった。母が甘酒をかき回すたびに〈甘酒が飲めるのでは?〉と思ったが、緊張した母は振り向きもしなかった。

理由は簡単で、〈客座〉に来客があったのだ。

それも特別な来客であるから、母も父もかなり緊張していた。母は近くで手伝っている姉に向かって、〈ほら早ヨ、茶わんをやらんね……〉と言った。実は〈客座〉には、地主の伝蔵さんが座っているのだった。

伝蔵さんは数年前まで、わが家の地主であった。

だからこのような場合、腕組みをして〈上から目線〉で話していたと記憶する。しかし不思議、今夜の伝蔵さんはなぜか違って見えた。〈地主制度〉がなくなって、〈自由、平等〉になったせいだろうか？　囲炉裏はずいぶん、和らいだ雰囲気に思えた。

「うン、こラ……、美味《うン》めなア！」

伝蔵さんが大げさにお世辞を言った。

母が作った甘酒を少し飲んで、世辞を言ったのだ。上納米を受け取る時の態度とは大違いである。母が作った甘酒と、地主の家で作った甘酒とを比べたとする。それは当然、自分の家で作った甘酒が美味しいに決まっている。なのに〈美味い！〉と世辞を言った。

なぜだろう？　なぜ今夜はお世辞を言うのだろうか？

学校では毎日、先生は難解な〈自由〉とか、〈民主主義〉という言葉を使っている。しかし父は小作人のままであり、伝蔵さんの前では畏《かしこ》まっていた。春義は口惜しいと思う反面、これが現実だろうと思うことにした。

「今日《きゅ》ハ……ソダン（＝相談）があって来たが……」

伝蔵さんは突然、話題を変えた。

すると先ず、土間で菰を編んでいた兄が手を休めた。次に母の甘酒作りを手伝っている姉と、作業着の繕いものをしている別の姉が顔を上げた。この地での〈ソダン〉には、二つの意味がある。一つが他人の意見を聞いて、参考にする普通の〈相談〉である。

二つ目の〈ソダン〉には、全く違う意味がある。

結婚を前提とする〈相談〉のことである。長兄と二人の姉はそのことを知っていたから多分、顔を上げたのだと思う。三人は〈伝蔵さんは一体、誰の結婚相談のために訪ねてきたのだろうか……？〉と言いたげな顔をしていた。

伝蔵さんは戦後の今でも、人脈が多いと聞く。

人脈が多いと当然、〈結婚を前提とする相談〉を頼まれることが多くなる。今夜の伝蔵さんは地主としてではなく、結婚の仲人役としてわが家を訪ねたことになる。父母もそのことに気付いたのか、緊張して伝蔵さんの言葉を待った。

「今夜は……、オカタ（＝花嫁）を貰ロケ、来たが……」

伝蔵さんはほほ笑み、言い沿えた。

花婿ではなくて花嫁を探しに来たのなら、長兄とは関係がないことになる。兄はすぐ仕事にもどり、ツッコロを響かせ始めた。だったら花嫁候補は母の手伝いをしている次女だろうか、それとも作業着の繕いものをしている長女だろうか……？

「わが家はオナゴが多かで……」

母は気をきかせて、答えを引き出そうとした。

しかし伝蔵さんはその手には乗らず、〈コン甘酒はテゲ（＝とても）美味《う》メドね〉と世辞を言いつづけた。人生の伴侶を決める大切な一瞬であるから、父母と二人の姉は緊張したまま伝蔵さんの言葉を待った。

「チヨどんな、何歳ジャイけな……？」

ころ合いをみて、伝蔵さんが言った。

チヨ姉の年齢は知っているはずだが、伝蔵さんは故意に質問してきた。チヨ姉は近くで繕いものをしている長女であり、年齢は二十歳である。チヨ姉は繕い物の手を休めて、小さな声で〈ハタチ〉と答えた。

「へえ、早いもンじゃねえ。もうハタチか……？」

伝蔵さんは再度、驚いてみせた。

今は仲人の役であるから、チヨ姉の年齢や性格などは事前に調べたはずである。伝蔵さんはわざと感慨にひたる振りをして、〈相手は隣町に住む二十三になる農家の男で……〉などと言って花婿の説明をし始めた。

花婿候補は農家の長男坊であるらしい。

田畑を一町歩ほど所有しているから、わが家と同じぐらいである。しかし山林を二町歩ほど所有しているから多分、それなりの生活ができるだろう。他に両親とも健在であるとか、〈この地区の誰それは親戚である〉などと話しはじめた。

父親にとって、娘の結婚は微妙であると聞く。

娘が若者と結婚したら、〈娘を男に奪われた〉ことになる。今の父がそう思っているのか、父は軽く〈はあ、はあ〉と相槌をうつだけである。ところが母は全く違っていた。まるで自分が嫁に行くみたいに興奮して、不明な点は何回も聞きなおした。

「テセっな（＝大切な）オゴジョ（＝娘）じゃって、すぐ決めンでヨカでね……」

伝蔵さんは話を終え、腰を上げた。

地主が帰り支度をするのだ、父は一緒に立ち上がっていた。すると伝蔵さんは〈地主〉に戻って、〈決断はお前らに任せる〉という態度になっていた。まるで〈オレが見つけてやったのだ、小作人のお前らが断るのは許さんぞ〉と言っているように見えた。

＊　＊

伝蔵さんが土間の入り口に手をかけた時であった。

飼い犬の〈タロー〉が激しく吠えはじめた。しかし吠えた後、〈タロー〉はなぜか急に〈ヒイン、ヒイン〉という甘え声に変わった。伝蔵さんは見知らぬ人だから激しく吠えたのに、よく見ると知人であったという吠え方であった。

「おお、ババどン!」

伝蔵さんは大声で言い、入り口を大きく開けた。

〈タロー〉が甘え声で〈ヒイン、ヒイン〉と鳴くと、その声に導かれるように祖母の姿が土間に現われた。目は虚ろで、身体も前後に揺れていた。母とチヨ姉はびっくりして、急いで前後に揺れる祖母の両肩を支えた。

「スンモハンなあ……。ゲンネ(=恥ずかしい)ところを見せチ……」

言ったのはチヨ姉であった。

実は春義に代わって今、隠居で祖母の面倒を見ているのはこのチヨ姉であった。姉は前後に揺れる祖母を伝蔵さんに見られて、恥ずかしいと思ったらしい。自分の結婚話が破談になるとでも思ったのか、優しく祖母を土間の縁に座らせた。

「元気ジャイや、ババどん……?」

伝蔵さんはほほ笑み、祖母へ優しく話し掛けた。

残念ながら、祖母は耳も遠くなっている。目の前の男が誰であるのか、何と聞かれたのかも分からないらしい。怪訝な顔をして伝蔵さんをじっと見た後、なぜかぷいと横を向いてしまった。

「今夜は……、オカタ（＝花嫁）を貰ロケ来たが！」

伝蔵さんは叫ぶように言った。

すると祖母は突然、〈ヒイ、ヒイ、ヒイ〉と笑った。笑うだけではなく、いつもの通り小便を垂れ始めていた。春義は一瞬、目を見張った。地主の前で、小作人の老婆が小便を垂れたのだ。この上なく無礼であるから多分、伝蔵さんは激怒するに違いない。

そう思う反面、〈心配センでヨカ〉とも思った。

学校では先生が毎日、〈自由〉とか〈民主主義〉という言葉を使っている。伝蔵さんは今まで、小作人を苦しめてきた張本人である。その上、今夜はチヨ姉を盗みにきている。祖母もそう思ったから多分、〈ヒイ、ヒイ、ヒイ〉と笑って小便を垂れたのでは……？

伝蔵さんは半分驚き、苦笑いをしていた。

祖母が小便を垂れるのは昼間に限っていたのに、今回は夜である。なぜ祖母は夜に、しかも伝蔵さんの前で小便を垂れたのだろうか……？　家族やチヨ姉は恥ずかしく思っただろうが、少年は不思議でもあり愉快でもあった。

「ジュ、ジュクシ（＝熟柿）を……」

その時、祖母がもつれる声で言った。

少年は〈いつもの熟柿だな?〉と思った。人前で小便を垂れるのは恥ずかしいけど、祖母の言う〈ジュクシ〉も困ったことである。チヨ姉はまた始まったという感じで、〈バアちゃん、熟柿がドゲンかしたツね?〉と優しく聞いた。

「国男はメニチ(=毎日)熟柿が食いたかゲナ……」

祖母は言って急に、泣きはじめた。

すると伝蔵さんは〈クスッ〉と笑って、〈国男は南洋で戦死したし、柿はもうなってオアンどが……?〉と言った。それでも祖母は認めず、〈ンにゃ、日本は米軍に勝った〉と言って、伝蔵さんをじっと睨みつけた。

伝蔵さんの言うとおりであった。

十二月になった現在、渋柿はすべて落ちている。その上〈ルース台風〉とか〈ジェーン台風〉とかいう外国の女優の名前をもった台風が襲ってきた。それでも残った渋柿は全てシブを抜き、運動会などのオヤツに食べてしまった。

「国男はドシテン、熟柿を食ウゴタイ(=食べたい)ゲナ……」

祖母は土間の縁に座ったまま、動こうとはしなかった

(五)

その後、チヨ姉の結婚話は順調に進んだ。

〈足入れ婚〉であるから、正式な結婚式をしたわけではない。チヨ姉は農繁期の五月頃に、生活必需品や作業着などを持って隣の町へと嫁いで行った。そこで農家の若者と一緒に暮らし、農閑期の晩秋になって正式なゴゼムケ（＝結婚式）を挙げる予定である。

当時の結婚式は大方、この〈足入れ婚〉であった。

農家にとっての五月は多忙であるばかりでなく、挙式に必要な資金もなかった。お金がないと挙式は挙げられないから、先ずは労働力として嫁いでいく。そこで葉タバコなどの現金収入が入る晩秋まで生活を共にした後、正式な〈ゴゼムケ〉を行なうことになる。

花嫁と花婿は当然、初対面である。

初対面であるから、夫婦関係がうまくいくとは限らない。新しい家庭環境や夫婦間の性格の不一致、中でも姑《しゅうとめ》との確執など破談になる理由はいくらであった。もしこれらに問題が生じたら即、花嫁は実家へ逃げ帰ることになる。

この地では、これを〈出戻イ女〉と呼んでいた。

〈出戻イ女〉は一種の〈キズ者〉であるから、その噂はたちまち周囲に広まる。すると性に飢えた若者たちが群がることになり、〈出戻イ女〉は二度と幸せな人生は送れないことになる。だから娘たちは懸命に耐えて、新しい生活に馴染もうとした。

幸いチヨ姉は一度も、〈出戻イ女〉にはならなかった。

夫婦関係がよかったのか、姑との関係がよかったのかは不明。しかし婚約から祝宴までは、かなり長い期間である。チヨ姉はお盆などに、何度か実家へ戻ってきた。すると必ず母がかけ寄り、苦しいチヨ姉の立場を聞いてやった。

チヨ姉は他の理由でも、〈出戻イ〉をしなかった。

〈足入れ婚〉をして間もない頃、チヨ姉は子供を身籠もったらしい。可愛い初孫が生まれるのだ、今度は父親が喜ぶ番になった。父はもう〈娘を婿に取られた〉とは思わず、ほほ笑みながら〈予定日はいつ頃か?〉などと聞いたりした。

父はその後、急に忙しくなった。

ゴゼムケ（＝結婚式）を行うには、大金が必要である。タンス類は姉が生まれた頃に植えた桐を使って、家具屋に頼めば安くで作れる。しかし挙式に使う砂糖や焼酎は別問題である。父はヤミ焼酎の入手先や、サツマイモで黒砂糖を造ることなどで忙しくなった。

＊　＊

わが家はその後、さらに厄介な事態になっていた。

祖母の病状が急に悪化したのだ。風邪をこじらせて肺炎になり、今は危篤状態になっている。吸う息よりも吐く息が多くなり、今にも死にそうに見える。春義はあの空気と一緒に祖母は一体、何を吐き出しているのだろうと思ったりした。

ある日、チヨ姉が〈出戻イ〉をしてきた。

〈ゴゼムケ〉が近づいたこともあったが、祖母の病気見舞いが主な理由であった。縁側にはお披露目として、チヨ姉が嫁ぎ先へ持参する和ダンス、鏡台、洗面道具などが並んでいた。近所の者が見物にくると、父母は自慢げに説明をしていた。

祖母はその日も、危篤状態であった。

少年はチヨ姉と一緒に隠居に入った。祖母は隠居の薄暗い空気をふっと吐き出し、新しい空気を少しだけ吸い込んだ。祖母は今、苦しかった〈戦争〉や地主への〈上納米〉などの空気を吐き出し、〈自由や民主主義〉などの新しい空気を吸い込んでいるらしい。

とその時、祖母の様態が急変した。

先程までは吸った分だけ吐いていたのに、今は吸い込む量が極端に少なくなっている。人が空気を吸い込まなくなったら即、〈死〉がやってくると思えばいい。だったら祖母は今、死ぬところなのでは……？

「ク、国男……。イ今、ジ、熟柿を……、食わするかいね……」

祖母は最後の空気を吐き出すと、ついに息たえた。

二人は祖母は死んだと思って、〈バアちゃん！　バアちゃん！〉と叫びながら祖母を揺すった。しかし反応はなく、ただ左右に揺れるだけであった。春義は大声で泣き、チヨ姉は〈バアちゃんにヒ孫を見せたっかたツニ……！〉と言って泣き崩れた。

その後、どうしたのか正確には覚えていない。

急いで隠居を走り出て、父母に祖母の死を告げたのは覚えている。春義は今、弟を連れて懸命に走っていた。裏山には我が家の棚田があり、その横に大きな渋柿が植わっている。チヨ姉が大声で、〈あン渋柿を早ヨ、ちぎってこい！〉と命じたのだった。

しかし残念、それは無理な指示であった。

だってわが家の渋柿は全て、食べ終わっているのだから。チヨ姉はそれを忘れたのだろうか、それとも〈出戻イ〉で悩んでいるのだろうか……？　二人は悩みつつ、とにかく渋柿の植わっている高台へと走った。

だが残念。弟は走るのが極端に鈍《のろ》かった。

鈍いと歩き始め、例の〈正月、三日。盆、二日、アッタアシ……〉という童歌を歌いはじめた。春義は急に腹がたち、弟を殴ろうとしたが、止めた。あと少し登れば、目ざす渋柿の大木が見えるはずである。

その方角を見た瞬間、春義は〈おや？〉と思った。

晩秋の夕日の中で、〈ぴかっ、ぴかっ〉と光る物体が見えたのだ。春義と弟は不思議に思いながら、光る物体へ向かって懸命に走りつづけた。畑はシラス台地の棚田であるから、二人は石を積み上げた道路を走っていた。

二人はついに、目指す渋柿にたどり着いた。

この老木こそ、わが家が自慢する渋柿である。そう思ったが、枝先で光っている物体が何なのか不明であった。渋柿は秋の運動会で、大方は収穫して食べたと記憶する。なのになぜ一つだけ残って、〈ぴかっ、ぴかっ〉と光っているのだろうか？

春義は意を決して、渋柿に登りはじめた。

初冬であるから、渋柿は大方の葉を落としていた。しかしよくよく見ると一枚だけ葉が残り、その葉裏で熟柿が〈ぴかっ、ぴかっ〉と光っているのが分かった。まるでもう一つの太陽が老木に引っ掛かり、最後の光を放っているように思えた。

春義は熟柿へ近づいたが、手を伸ばすのが恐かった。

ここの渋柿は運動会の時に全部食べたのに、なぜ一個だけ残っているのだろうか？　たとえ残っても、野鳥や獣に食べられるはずである。一枚の葉裏に隠れて、野鳥たちの目を逃れてきたのだろうか……？

春義は多分、偶然が重なって生き延びてきたのだと思った。

祖母は生前、〈国男はまだ生きチョルが……〉と何回も言った。国男伯父はひょっとして、〈南洋の海の中を歩いて、今たどり着いたのでは？〉と思った。そう思うと、国男伯父が〈早ヨ、熟柿が食いたかネ！〉と叫んでいるように思えた。

「兄さん。早ヨ、熟柿を千切ランね！」

下の方から、弟の叫び声がした。

何回も催促されたら、もう仕方がない。春義は思い切って熟柿へ手を延ばしたが残念、触れた瞬間に足が滑った。懸命に枝に捕まろうとした時、今度は熟柿のなった枝が折れてしまった。と同時に一枚だけ残っていた葉っぱが落ち、最後に熟柿も枝ごと落下した。

熟柿は赤い線を描いて、どっと落ちていった。

運がいいと言うべきか、悪いと言うべきかは不明。熟柿は枝ごと、見上げていた弟の頭に当たっていた。弟は〈熟柿大好き人間〉である。今は弟の怪我よりも、弟が〈熟柿を食べる〉と言うのではと思った。すると残念、その通りになった。

「止めんか！　そン熟柿は絶対に食うな！」

春義は叫び、渋柿の木からすべり下りた。

この渋柿は特別なものである。弟ではなくて、国男伯父が食べるべきである。そう思ったが、末っ子である弟は違った。自分には熟柿を食べる権利があるとでも思ったのか、〈じゅるじゅる〉という音をたてて熟柿を食べはじめていた。

「食うなチ……！　何度も言った口が！」

春義は言うより早く、弟の顔を殴っていた。

驚いたのは弟で、殴られた口元へ手を当てていた。口元が赤いのは出血ではなくて、熟柿を食べたからである。春義は再度、〈国男伯父はんはどうしてン、こン熟柿を食うゴタイゲナ〉と言って、優しく弟の口元を拭いてやった。

二人は熟柿の枝を持って、家へと走りはじめた。

来週になれば、チヨ姉の〈ゴゼムケ〉が開かれる。そう思えば楽しいけど、祖母の葬式があると思えば悲しくなる。自分は数年間、祖母と一緒に暮らした。そう思うと涙が溢れだし、気づいた弟も泣きはじめていた。

「バアはんがケ死んだ。ジュクシを食わす！」

「伯父はんは生きチョル。ジュクシを食わす！」

ほとんど同時に叫んだので、二人は大笑いをした。

春義は一瞬、〈おやっ?・?・〉と思った。ああ、この柔らかい感情は一体、何だろうか? 肉親であることを認めあうと、涙が出るほど温かい気持ちになる。春義は生まれて初めて弟が愛しくなり、〈バアはんがケ死んだ。ジュクシを食わす!〉と叫んだ。

すると何故か、弟も様子が変わっていた。

春義の後をつづけて、〈伯父はんは生きチョル。ジュクシを食わす!〉と叫んだのだった。弟はげらげらと笑っているが、目には涙を浮かべていた。二人は一緒に熟柿の枝を持って、死んだ祖母と国男伯父が待つ実家へと走り下って行った。

禁じられた遊び

(一)

「おい、急がンか！」

晩秋のある午後であった。

少年は後を歩くノブオに振り向き、命令口調で言った。戦争が終わると何もかも変わったし、今後どう変わるのかも分からない。でも不思議。先生が〈平等〉とか〈民主主義〉という言葉を使っても、貧乏人は貧乏人のままであった。

〈ダマシタな？〉とは思いたくない。

そう思うと、ノブオを誘った理由がなくなる。自分はノブオをここへ誘うために、大切なニッケ（＝肉桂）を使った。樹皮や根っ子をかじると、甘辛い香りが口に広がるニッケ。その在りかは誰にも教えたくないけど、ノブオを誘うためなら仕方がないと思った。

「なあ、旨えドが……？」

今度は優しく声をかけた。

ノブオは黙って頷いたが、雑木林の中をずいぶん歩いてきたと思う。ノブオは小学二年の下級生で、頭には白いものが見えた。先日学校でシラミの駆除があり、体中にＤＤＴを振りかけられた。白いものはあの時のＤＤＴか、シラクモでも湧いたものだろう。

二人はすぐ下に、海軍病院が見える所まで登ってきた。

終戦前に急きょ、この地に海軍病院が建てられた。田畑は軍によってただ同然で接収され、居住者も強制的に退去させられた。戦況が悪化し始めた頃である。各地の戦場から多くの傷病兵が送還され、周辺の山々には無数の防空壕がつくられた。

「ダイ（＝誰）もおアんかイ……、ワイ（＝お前）も入っとゾ……！　よかね？」

今度も命令口調で言った。

ノブオは緊張したまま、うつ向いていた。それを見て少年は〈ザマミロ〉と思い、次ににっと笑って舌で唇をなめた。何かのイタズラをする時、なぜかこの仕草をしたくなる。この仕草をすれば不思議、〈さあ、今からイタズラをするぞ！〉という気が湧いてくる。

間もなく、目ざす貯水池が見えてきた。

海軍病院で使う飲料水、治療用水の全てがこの貯水池から送られている。近くの川から山まで水を汲み上げ、濾過《ろか》して下の病院へと配水している。とても大切な水だから守衛が厳重に見張っているし、周囲には頑丈な錠前のかかった有刺鉄線が巡らせてある。

「キュ（＝今日）は、父ちゃんナ出張じゃがね……？」

その守衛がノブオの父親である。

今日は守衛が休む日だと分かったから、ノブオをここへ誘ったのだった。いや守衛の子供だから、誘ったと言い換えてもいい。二人は先ずは腰をかがめ、次に貯水池へ腹ばいになって前進した。目指すのはただ一つ、すぐ前に建つ屋根つきの貯水池である。

「お前も入っとド、よかね？」

少年は再度、念を押した。

貯水池を管理している警備員の子供と一緒なのだ、万が一見つかっても許してくれるという読みがある。それでも呵責《かしゃく》の念が目ざめ、胸がちくちくと痛み始めた。自分はなぜノブオを貯水池へ誘い、どんな悪さをしたいのだろうか……？

少年は考え悩みつつ、侵入場所を探した。

トカゲみたいに腹ばいになれば、有刺鉄線に引っ掻かれない場所があるはず。実際に何回か試してみたが、その度に背中を引っ掻かれた。するとまた、〈自分はなぜ貯水池に侵入し、どんなイタズラをしたいのだろう？〉と考え悩むことになった。

(二)

自分は数か月前、この悪戯を思いついた(と今思う)。

仲間と一緒に海軍病院へ遊びに出かけた時で、その日は死体置場の見学であった。終戦になっても、物質は極端に不足していると聞く。死者は増える一方で、一つの焼きカマでは処理できなくなった。すると急きょ、あと二つのカマが作られた。

今日は死体置場で、解剖実習のある日だと聞いた。

この噂を教えたのが、守衛の息子であるノブオであった。死者を見ることなど興味はないけど、人間を解剖するのは見てみたい。解剖とはニワトリをさばくように、人間をさばくことである。それを見るのはとても恐いが半面、とても興味がある。

「おいこア、見えンがね!」

少年は後方から、恐さ半分で覗いていた。

窓枠に取りついているのだが、仲間の麦ワラ帽が邪魔になって見えない。それでも白衣の男と、白い帽子を被った看護婦たちは見えた。仲間の麦ワラ帽の間から、刃物を持った男が人間を切り裂く姿も見えてきた。これで十分だ、もう見たくない!

少年は恐くなり、窓枠からずり下りた。

窓枠から下りたのは少年が一人であった。仲間は見ているのに、自分は正視できない。オレはやっぱ弱虫なのか？　いや違う、弱虫じゃない。だって白衣の男はただニワトリの腹ワタみたいな物を取り出し、看護婦たちへ見せているだけである。

〈ニワトリだったら、オレだってさばける〉

少年は強がったが、げっげっとツバを吐いた。

捕まえたニワトリの首に荒ナワをつけ、庭のミカンの木に吊す。羽根をばたつかせて苦しがるニワトリの姿と、ニワトリの腹ワタみたいな物を取り出す白衣の男の姿とが重なった。するとまた吐き気がし、手足まで震えてきた。

〈オレはやっぱ、弱虫ジャロか……？〉

少年はしゃがみこんでしまった。

その時火葬場の方角から、棒切れを持った男がやってきた。その不遜な歩き方を見て、ノブオの父だなと少年は思った。守衛が警護するのは貯水池だけではない。ここ死体置場や火葬場の周辺、いや有刺鉄線で囲まれた病院内はすべて警護していると聞く。

少年はその時、あるオゾましい噂を思い出した。

焼き場の灰を畑にまけば、えらく効き目があるという。そんな噂が広がると灰が盗まれるようになり、守衛は火葬場の灰まで警護するようになった。ノブオの父は今、その焼き場の近くに積まれた灰を点検してきたのだろう。

「よう。ワヤ（＝お前は）見ヤんとか？」

守衛は冷やかすように言った。

〈見ヤん〉のではなくて、恐くて見ておれないのだ。少年は弱虫であることがバレるのを隠すために、黙っていた。守衛は〈こアっ！〉と怒鳴って、窓枠に取りついている子供たちを引き下ろした。

その時足元で、〈ゴロゴロ〉という奇妙な音がした。

音源は窓枠のすぐ下にある草むらである。仲間の一人が草むらを指さし、〈血だ、血だ！〉と叫んだ。解剖室から外へ向けて、太い鉄管が突き出ている。解剖の時は大量の血や汚物が出るそうで、それらを草むらの下の溜め池に落とす仕組みになっていた。

「こア！　ワッドマ（＝お前らは）早よ、戻エ！」

守衛は棒切れを振り回した。

子供たちは〈わあわあ！〉と叫び、その場を離れはじめた。次の遊びはトロッコに乗ることである。裏山に貯水池を作る時、資材を運び上げるトロッコが布設された。しかし終戦になった今でもまだ、布設されたまま残っている。急勾配ではあるが、遊び場としては十分である。

「こア！　トロッコは危っねど！」

予想どおり、守衛が怒鳴った。

守衛はげらげらと笑い、少年は〈チっ〉と舌打ちをした。解剖は恐くて見れなかったけど、トロッコに乗る勇気ならある。その勇気を仲間や守衛に見せてやりたかったのに、守衛は最初から許そうとしない。少年はこの時から、はっきりと守衛が憎らしくなった。

「ビワでン食え。遠慮すンな」

守衛は笑いながら指示した。

海軍病院が建てられた時、少年の家はここから強制的に退去させられた。初夏になった今、懐かしいわが家のビワは旨そうに熟していた。守衛はそれを〈遠慮せずに食べろ〉と言うが、あのビワはもともとオレの家のものである。

少年は〈けしからん！〉と思った。

ますます守衛が憎く思えてきた。オレはビワなど食わない。守衛が言うことなど、絶対に聞くもンか。少年は無理して食べなかったが、仲間らは空腹に負けていた。また〈わあわあ！〉と叫んではビワの木によじ登り、ビワを食べたりポケットに詰めたりした。

「おお、ワヤ（＝お前は）、ビワは食わンとか……？」

守衛はわざと驚いてみせ、少年の横に座った。

するとタバコの臭いが漂ってきた。戦争は終わっているのに、まだ軍服を着ている。先ずポケットから刻みタバコを取り出し、紙切れでくるくると巻いた。次にツバで固定し、最後にマッチで点火した。まるで手品師の芸と同じで、流れるような動作であった。

「こイか?　闇タバコじゃが……」

守衛は先手を打って、にやりと笑った。

この一帯は葉タバコの名産地である。少年の父も復員してきたばかりの長兄も、毎晩のように葉タバコの闇タバコを吸っている。兄は守衛と同じ方法で吸うが、父は違う。刻んだ葉タバコを竹筒に入れ、吸いたい時はキセルに詰めて吸う。

「ワイがトト（＝父）は……、元気か?」

守衛は急に、話題を変えた。

機嫌がいいのか、笑いながらポケットを探っている。取り出したのは板状になった菓子で、食べろと言って差し出した。米軍から貰ったもので、〈名前はビスケットだ〉と言った。少年は先ずは臭いを嗅ぎ、試すようにかじってみた。水気はないが、とても甘かった。

「小学校ン時、ワイがトトとは同級生じゃったが……」

守衛は話題を変えると、微笑んできた。

正直なところ、少年は守衛が嫌いであった。弱虫であるのを知っているし、少年の家のビワも他の少年らに食べさせた。しかし父とは同級生であったらしい。ビスケットを貰ったという負い目があるのだ、もう不機嫌はこれぐらいでいいだろう。

「ワイがトトは……」

守衛は言いかけたが、急に黙った。

何か言いにくいことでもあるのだろうか、無心に二本目の闇タバコを作っている。守衛は同じ集落に住んでいるし、南洋から復員した後は農業をしながら今の仕事をしている。ここは守衛を信用してもいいのでは……？

「横滑《よこすべ》イじゃが。ワヤ（＝お前）は……、そンこツ知っチょっとか？」

守衛は言い終わり、ふっと煙を吐いた。

〈横滑イ〉とは何のことだろう……？　一帯は火山灰土シラスで覆われているから、山は場所と時を選ばずに地滑りをする。この地滑りのことだろうか、それとも他に意味があるのだろうか？　守衛はと見れば、旨そうに闇タバコを吹かしていた。

「ワヤまこチ……、何も知っちょアんとか？」

守衛は念を押してきた。

少年が〈何も知っちょアん〉と言うと、守衛も〈知っちょアんとか？〉と言って腕組みをした。

どうやら、言いにくい内容であるらしい。守衛は二本目のタバコを吸い終わると、闇タバコ一式を軍服の内ポケットに戻した。

「まあ、そン……。ママトトじゃね……」

守衛は捨てセリフみたいに言い、歩きかけた。

オレの親父は〈ママトトだって……？〉。はじめて聞く言葉である。〈ママトト〉とは一体、どんな意味なのだろうか……？　少年は歩きかけた守衛の袖を捕まえると、〈ママトトって、どんゲな意味な？〉と聞いた。

「ふむ……。ワイがトトは……、途中かイ家に入っきたとヨ……」

守衛は言い、少年の手をふり払った。

少年は一瞬、息を飲んだ。継母のことを〈ママハハ〉と言うのは知っているが、〈ママトト〉という言葉もあるらしい。もし守衛の言う通りであったら、オレのトトは〈継父〉になるのだが……？

「何ンも心配せんでンよかが。ワヤ、本当の父親じゃかイね。……じゃっどん（＝しかし）、他ン子はワイとはタネが違ゴでね、タネが」

守衛は逃げるように、去って行った。

オレとキョデ（＝兄弟）との関係は〈ハラ〉は同じでも、〈タネ〉が違うという意味であるらしい。なんと露骨で、ひどい言葉なのだろうか！　少年にはもうこれ以上、守衛に問いただす勇気はなかった。

「おおい、みんな！　ビワを食え。遠慮すンな！」

守衛は子供たちへ呼びかけ、去って行った。

こちらは惨めさに打ちのめされているというのに、何たる暴言！〈オレの家のビワを食え、遠慮すンな〉とは何事だ。少年はさらに守衛が憎らしくなって、逃げるようにその場を離れた。

㈢

実を言えば、〈タネ違い〉には心当たりがあった。

数年前、姉に連れられて墓参りをした時である。だらだら坂を登りきった丘の上に、桜やセンダンの木の植わった共同墓地がある。地区の住人は等しく貧しいのに、なぜか死者だけは大切にする。週に二回は必ず墓参りをし、墓石には屋根までつけている。

「こイが南洋で戦死した伯父はんとアニョ（＝兄）で……」

姉はそれぞれの墓前で、死者の説明をし始めた。

墓参りをするたびに、聞かされてきた死者の名前とそのエピソードである。姉はその日も風習どおりに、先ずは周囲の雑草を抜いて掃き清めた。次に水を入れ替えて花を供え、焼香してから合掌をした。

「こイがアタイが（＝私の）父さんで……」

姉の説明はつづいた。

大きな桜の根元に立つ墓石の前であった。少年は一瞬、〈おやっ？〉と思った。だって少年の父はまだ生きているし、墓の下で眠っている筈がないのだから。少年がこの不合理さを聞こうとした時、姉は川に流されて死んだ別の兄について話し始めた。

だからこの疑問は、疑問のまま残ってしまった。

きれいさっぱりと忘れたのではない。さっぱりと忘れるどころか、いつまでも消えない埋火《うずみび》のように残っていた。そして時には不意と大口を広げた。ああ、オレの父はまだ生きているのに、姉はなぜ〈自分の父の墓だ〉と言ったのだろうか……？

あれ以来、少年は注意深く観察するようになった。

直接〈ママトト〉の理由を聞く勇気はない。だから何気なく、父と兄や姉の関係、父と母の関係などを観察するようになった。特に父と兄の関係に注目した。もし二人の会話や仕草に不自然な場面があれば即、〈ママトト〉がより真実味を増すことになる。

「何だ、こりゃ？」

ある夕方、父が兄に問いただした。

風呂を沸かしている時で、兄は山仕事から帰ってきた。背中に薪をかつぎ、腕に重そうな荷物を抱えていた。父の大声と、兄の持つ重そうな品物。もしかして今から、〈ママトト〉に関する何かが起こるのでは……？　少年は風呂を沸かしながら、二人を見守った。

二人の体形はほとんど似ていなかった。

父は小柄だから、兵隊検査は乙種合格であったと聞く。一方の兄は頑健であり、甲種合格であった。父の顔が角張っているのに比べ、兄は細面である。だが待て。ただ兵隊検査と風貌だけで、二人が〈ママトト関係である〉と断じるのは早計である。

「杉山でフウっ（＝拾って）きた。……ほい、こイがニッケじゃが……」

兄は自慢げに、ポケットの物を少年へ投げやった。

杉山での拾い物は父へ、〈ニッケ〉は少年へ渡したと思えた。少年はほっと安堵した。この自然な会話と態度から判断して、二人の関係はごく普通の父子である。少年の関心事は〈ママトト〉から急に、兄が拾ったという〈ニッケ〉へと変わってしまった。

「噛んでみエ、旨メど……」

兄は少年へ優しく笑いかけた。

兄はポケットからニッケを取り出し、また〈旨メどが？〉と言った。少年はまだ味わったこともなかったから早速、口に放りこんだ。貴重な木であるから、その木の在りかは誰も知らない。

兄はニッケの木と重い荷物を、海軍病院の裏山で見つけたと説明した。

「中身は、……こイじゃが」

兄はにっと笑うと、焼酎を飲む仕草をした。

荷物はブリキ製の金具で、茶ツボほどの大きさであった。兄は杉山で拾ったと言うが、この種の金具が山道に放置してある筈がない。藪の中に隠してあった物を見つけ、黙って持ち帰ってきたものと思えた。

「たぶん、こイじゃが」

兄は再度、焼酎を飲む仕草をした。

その時井戸端から、〈そヤ、マコっね？〉という母の声がした。焼酎を飲む仕草とブリキ製の不思議な容器。母が嬉しがるとしたら答えは一つ、ヤミ焼酎である。だとしたら兄はヤミ焼酎を作る器具を拾ったことになり、母が嬉しがるのも当然であった。

「誰イか隠したンじゃろが……。戻さンでよかどかね？」

母は心配したが、父と兄は笑いあった。

万が一〈父と兄がママトト関係である〉としたら、二人はこのような和んだ表情で話すのだろうか……？　いや、絶対にない！　〈守衛の奴め、またオレを驚かすためにウソをついたのでは……？〉と少年は思った。

「こイさえあれば、もう大丈っじゃオかね?」

母が言うと、父と兄も同意した。

父は〈どア……〉と言いつつ、ヤミ焼酎を作る器具を調べはじめた。といっても密造の知識はないから、ただ容器をぽんぽんと叩いたり、容器から伸びている数本の管を調べるだけであった。父は調べた後、〈見つかアンごツ、隠しチョけ〉と兄へ指示した。

少年は一瞬、〈あのことだな?〉と思った。

二番目の姉に、ゴゼムケ(=結婚式)が迫っている。婚礼は一般に、農家が最も豊かになる晩秋に行なわれる。しかし物資不足の今、婚礼に必要なものが揃わない。たとえ鏡台やタンスが揃っても、祝宴に必要な砂糖もなければ、焼酎も準備できない。

中でも、一番の心配は焼酎がないことである。

砂糖はサツマイモなどで誤魔化せるが、焼酎はどうしようもない。心配でならなかったのに、兄がヤミ焼酎を作る器具を拾ってきたという。これで何とかなるかもしれない。母は〈もう大丈っじゃオ〉と言って喜び、父と兄はヤミ焼酎作りの準備に取りかかった。

貧乏農家だから、焼酎は簡単には造れない。

それでも集落では、ヤミ焼酎を造っていると聞く。父母と兄はこっそりと密造の手順を聞き出し、その準備にかかった。全工程で一週間から十日ほどはかかるそうで、夜になると父母と兄たちはヤミ焼酎つくりに没頭し始めた。

「子供《こど》ンな、早ヨ寝ろ！」

ある夜、父がヤミ煙草を吸いながら言った。

少年はいよいよ今夜、ヤミ焼酎を造るらしいと思った。まだ宵の口なのに、家族みんなは緊張していた。いくらこっそりと造っても焼酎作りは臭いがするから、隠せるものではない。それでも父は威厳をもって、〈子供ンな、早ヨ寝ろ！〉と叫んだのだった。

家中に、甘い匂いが立ちこめ始めていた。

父の命令は絶対である。少年はしぶしぶ床に入ったが、眠れるものではなかった。眠れない理由は二つ。一つはヤミ焼酎を造るところを見たいことと、二つがノミとシラミの襲来であった。床に入っただけでノミがはい寄り、身体中をちくちくと刺し始めた。

少年は我慢できなくなり、ＤＤＴを散布した。

先ずはノミのいそうな下着類の中へ、次にシラミのいそうな頭部に散布した。これで少しは楽になったが、敵も必死である。脇腹のノミを捕まえて口にくわえ、前歯で噛みつぶしてやった。この動作を数回くり返していると、やっと眠くなってきた。

少年が二回目の用便に出たのは真夜中であった。

農家は朝が早いから滅多に夜更かしはしない筈だが、その夜はまだ電灯がついていた。少年は不思議に思ったが、〈そうだ今夜、わが家はヤミ焼酎をつくるらしい〉と思った。便所から出ると、甘酸っぱい匂いが漂ってきた。

「どんゲか、出来は?」

火加減をみていた母の声がした。

「まだまだじゃねえ……」

父と兄が小声で答えた。

母の前に急ごしらえのカマドがあり、その上に例の円筒形をした容器が置いてあった。どうやら最後の工程に入り、今は蒸留をしているところらしい。兄は管からしたたり落ちる白っぽい液体を茶わんに受け、試すように飲んでは唇を舐めている。

「どア、オイにも貸してみイ……」

父は兄から茶わんを受け取った。

父は試飲して唇を舐め、〈ちっと火がチエ（=強い）ね〉と母へ注文をつけた。母は指示に従って、火を少し弱めた。ヤミ焼酎は禁止されているから、警察に見つかったら大事である。家族がもっとも緊張している時、庭先に黒い人影が見えた。

「誰イか、来たド!」

少年は心配になって、小声で合図した。

最も驚いたのは母で、半分腰を抜かしていた。だが少年だと分かると、〈起きちょったとか?〉と言って立ち上がった。黒い人影は無言で二人の前を通り過ぎ、父と兄の方へと歩いて行った。

「どんゲかね……、出来具合は?」

人影が言った。

声から判断して、人影は守衛であった。ヤミ焼酎を造る時、この集落では互いに連絡しあうことになっている。警察から逃れるため、互いに助けるためである。父は人影がノブオの父であることが分かると安心し、小さく笑った。

「今夜は大丈っじゃが。何ンも連絡がねえかイね……」

ノブオの父も密造を認め、二人は小さく笑った。

親類に警官がいるそうで、ヤミ焼酎の取り締まりのある日には連絡があるという。三人の男たちは安心して小声で話し、酒の出来具合を話し合っていた。しかしその直後、ノブオの父がすっ頓狂な声をあげた。

「あイやあ!　こン容器はオイがもんじゃが!」

ノブオの父は叫び、蒸留器具を調べはじめた。

兄が海軍病院の裏山で拾ったと弁明すると、ノブオの父は〈ありゃ、オイが隠しちょったんじゃが〉と言った。怒ってはいないようで、げらげらと笑っていた。兄はバツが悪いのか、急に黙った。さて、困った。このヤミ焼酎は一体、どうなるのだろうか……？

「うん。コンダ（＝今度は）、よか味じゃが……」

兄が味見をして、気まずい沈黙を破った。

兄は試飲した茶わんを父へ渡し、次にノブオの父へと渡した。管から白く濁った液体がしたたり落ち、ゆっくりと一升ビンを満たしていく。ノブオの父が〈よか味じゃ〉と言った時、父は〈娘のゴゼムケ（＝結婚式）が近けかい……〉と弁明をし始めた。

「コン器材はもともと……、オイがもンじゃってね！」

ノブオの父は突然、語気を強めた。

海軍病院の裏山に器材を隠したのだが、お前の息子に盗まれた。この始末はどうするのだ？ノブオの父はそんな感じで腕組みをし、父の出を窺っていた。二人は今や、同級生ではない。ノブオの父は計算高いから多分、簡単には引き下がらないのでは……？

「一割ではどンゲかね……？　ゴゼムケも近づいチョルし……」

言ったのは父であり、少し腰をかがめていた。

「ふむ、一割かあ……。ちっタ安シけンど、まあよかじゃろう」

ノブオの父は言い、〈ははは〉と笑った。

〈完成したヤミ焼酎の一割はオレのものだ〉という意味である。兄は悔しそうに舌打ちをし、母は黙って満杯になった一升ビンと空のビンとを取り替えた。ノブオの父は〈焼酎づくりが終わったら、すぐ器材を返してくれ〉と言って帰って行った。

少年は〈絶対に許せない！〉と思った。

ノブオの父は海軍病院の守衛である。なのに病院の防空壕に忍びこみ、傷病兵が使っていた衣類や時計などを盗んだという噂もある。そうだ、その通り。あの男は悪者である。守衛はオレの父は〈ママトトだ〉と言ったが多分、あれもウソに決まっている！

(四)

だが残念、他にも〈ママトト〉の心当たりがあった。

あれは大型台風が迫った時で、姉のゴゼムケが迫った晩秋の夜であった。父と兄はミノとバッチョ笠をかぶり、外へ飛び出ていた。家が倒れたら大変である。先ずは杉の丸太でつっかい棒を立て、次にカスガイになる分厚い板をあちこちに打ちつけて回った。

少年は姉と一緒に、母の手伝いをした。

雨戸が吹き飛ばされないように物干し竿を外と内から固定し、しっかりと荒縄でくくった。台風になると電灯がつかない。姉たちはローソクを点《とも》し、麦とアワを混ぜた避難用の握りメシを握った。雨風はさらに強くなり、家はきしみ音をたてて揺れはじめた。

「ンま（＝馬）は、ワイが引っ出せ！」

父は大声で、兄へ指示を出した。

機嫌が悪いからではない。怒鳴らないと聞こえないほど風雨が強くなっていた。兄は聞こえなかったのか、土間で闇タバコを吹かしていた。父は再度、同じことを兄へ命じた。兄はぶつくさ言って、バッチョ笠を被った。明らかに不遜で、不満そうな態度に思えた。

「ぐずぐずすっと、ンま屋が倒るっド！」

父はイラついて再度、兄へ命じた。

兄は不機嫌そうに雨戸を開け、暴風雨の中へと走り出ていった。少年は不意と、忘れかけていた〈ママトト〉という言葉を思い出した。父は強引に兄を送り出したが、二人は守衛が言う通り、〈タネ違い〉の父子なのかもしれない。そう思うと急に、悲しくなってきた。

「ンまを引っ出したド……。こイかア、どんゲすっとヤ？」

兄は雨戸を開け、不満そうに父へ言った。

顔はずぶ濡れで、怒っているのか悲しんでいるのかは不明。家が大きく揺れた時、父は馬を墓地の下にある林へ連れていけと命じた。ずっと前、少年が姉と行ったあの墓地の近くである。あれ以来、墓地は好きじゃないが、あの林に馬をつなげば安心だろう。

「ンまと牛じゃ、二頭になるケンど……」

「じゃったら、二度行けばよかがね！」

父は命じ、二人は睨みあった。

ああこの先、何かが起こる。やはり守衛が言った通り、父は〈ママトト〉なのでは？　少年は我慢できなくなり、〈おイもアニョ（＝兄）と一緒に、墓地へ行く！〉と叫んでいた。しかし残念。兄は〈子供は危ネが〉と断り、一人で台風の中へと走り出て行った。

暴風にのって、馬のイナナキ声が聞こえてきた。

すると同時に突風が襲い、家は〈バリバリ！〉という音をたてて傾いた。母屋の麦ワラ屋根がもぎ取られ、家が傾く音であった。と同時に家の中へ雨風が吹きこみ、ローソクの明かりが消えた。すると少年は父に抱きつき、姉たちは母へ抱きついていた。

「こりゃ、ダメじゃ！　みんな早ヨ、逃ぐっど！」

父は叫び、避難を命じた。

戦争は終わったのに、台風が頻繁に襲うようになっている。すると人々は〈南洋で戦死した兵士の魂が日本へ戻って来るのだ〉と噂しあっている。その真偽は不明であるが、台風に馬小屋を吹き飛ばされては困る。

「全部もったか？　オイが家に残っかイ、みんなは早ヨ逃げ！」

後方から、父の叫び声がした。

〈あ、そうだ〉と少年は思った。父は大切な牛馬を守るために兄を雨風の中へと送り出し、自分は危険な家に残るらしい。だったら〈ママトト〉ではなくて、〈頼もしいトト〉である。母は姉たちに麦とアワの混じった握りメシを持たせ、台風の中へと飛び出した。

戸外は暴風雨で、何も見えないほど激しかった。

家族が倒木で塞がった山道を進んでいると、馬のイナナキ声がした。その声へと近づくと、兄がびしょ濡れになって立っていた。少年はひどく気の毒に思えたので、〈オイも手伝う〉と申し出た。兄は聞き入れず、今度は牛を連れ出すために家へと帰って行った。

やっと防空壕へ着くと、先客がいた。

ノブオの家族であった。守衛が出迎えてくれたが、少年は守衛と一緒にいたくはなかった。〈ママトト〉やヤミ焼酎のことを思い出すと、逃げ出したくなった。別の壕に入ると丁度、母たちも避難してきた。姉たちはローソクを点したり、ムシロを敷いたりした。

少年はふと、隣の壕のノブオが気になった。

口笛で合図すると、ノブオはすぐこちらの壕へ入ってきた。それを見て、少年は愉快なことを思いついた。口笛で、南洋のニューギニア戦を歌った「ラバウル航空隊」を吹くことである。二人は一緒に、元気よく口笛を吹きはじめた。

「こア止めんね！　ウカゼ（＝台風）ン時、ウソ（＝口笛）を吹くもんじゃなか！」

母は叫び、厳しく注意した。

母の怒鳴り声で、二人は口笛を吹くのを止めた。その時、ずぶ濡れになった兄が壕へ入ってきた。すると母は兄へ走り寄り、濡れた身体を拭いたり、米のたくさん入った握りメシを選んで兄へ渡した。〈ああ、これが実の親子関係である〉と思うと、涙が出てきた。

最後に父が壕に入ってきた。

同じようにずぶ濡れなのに、母は父の身体は拭かなかった。やはり〈ママトト〉なのだろうか、父にはアワとムギだけの握りメシを渡した。父は怒ったのか、兄へ〈家に戻って調べてこい〉と命じた。兄はしぶしぶ腰を上げ、また台風の中へ飛び出ていった。

「こン分じゃ、ゴゼムケは無理じゃね……？」

兄を追い出した後、父は呟くように言った。

母へ言ったのか、ゴゼムケが近い姉へ言ったのかは不明。母は〈仕方ネエじゃろう〉と言って、姉の肩を抱き寄せた。父は握りメシを食べ終えた後、半壊したわが家を点検するために台風の中へと走り出ていった。

壕の中は急に静かに、そして淋しくなった。

わが家が半壊したのは多分、オレが口笛を吹いたのが原因だったのでは？　いや違う。ノブオの父がオレの父は〈ママトトだ〉と言ったからだ。悪いのは全て、ノブオの父である。ああ、そうだ！　この先はノブオを使って、守衛に〈仕返し〉をしてやろう！

㈤

その後、少年は〈仕返し〉のことばかり考えた。

先ずニッケ（＝肉桂）を使ってノブオを味方につけ、守衛が最も嫌がる何かをしたい。オレが弱虫であると笑い、オレの家のビワを子供たちに食べさせた。おまけにオレの父は〈ママトト〉であると言った。あんな悪口を言うやつなど、絶対に許せない！

「ワイ（＝お前）も中に入っとど、よかね……？」

少年は小便をしながら、叫ぶように命令した。

興奮し過ぎたのか、小便を二回もしてしまった。ノブオが悪いのではなくて、悪いのはノブオの父である。その〈仕返しをする〉ためなら、オレは何だってする。何しろオレは〈仕返し〉のために、大切なニッケの在りかをノブオに教えたのだから……。

少年はにっと笑って再度、舌で唇を舐めた。

何か悪戯をする時、なぜかこの仕草をしたくなる。少年は念のため、計画に手抜かりはないか考えてみた。この貯水池を管理するのは守衛であり、ノブオはその子供である。悪戯をして困るのはオレではなく、守衛である。少年はここまで考え再度、唇を舐めた。

二人は腰をかがめ、ゆっくりと前進した。

ニッケを噛《かじ》りながらしばらく進むと、有刺鉄線に囲まれた屋根つきの貯水池が見えてきた。これだ。この貯水池に侵入して、守衛が最も嫌がる何かをしたい。何をするかはまだ決めていないが、中に入ってから決めればいい。

二人は用心深く、侵入場所を探した。

トカゲみたいに腹ばいになっても多分、背中を有刺鉄線に引っ掻かれるだろう。実際に何回か試してみたが、背中から血が出るほど引っ掻かれてしまった。それでも少年は力をこめて、〈絶対に守衛に、仕返しをすっど！〉と思った。

二人はついに、侵入場所を見つけた。

そこは貯水池の近くの藪の中であり、藪の下は柔らかい腐葉土であった。ここを少し掘れば、格好の侵入口になるのだった。二人は周囲には気を配ったが、有刺鉄線を簡単にくぐり抜けた。少年は力をこめて、〈さあ、守衛に仕返しをすっド！〉と思った。

しかし残念、柵の中は森閑としていた。

貯水池は川から汲み上げた水を貯えるものと、予備用の貯水池とが二つ並んでいた。これら二つの貯水池のすぐ横に、屋根つきの浄化槽があった。先ずは汲み上げた水を貯水池で濾過し、次にこの屋根つきの水槽へ送り込んで浄化する仕組みになっているらしい。

さてどうすれば、〈仕返し〉になるのだろうか？

少年は先ず、水の入っていない予備用の貯水池に入った。しかし中は砂ばかりで、たとえ走り回っても何の〈仕返し〉にもならないと思った。この他により厳重に護られ、より強く禁じられている場所があるはずである。

「おい、あン家ン中へ入っド！」

少年は決心して、ノブオに命じた。

二人は予備用の貯水池をはい出ると、屋根つきの浄化槽へと向かった。だがここにも有刺鉄線が巡らされ、頑丈な鍵もかかっていた。逆に考えればここは多分、厳重に警備しないといけないほど大切な場所なのでは？　だったら悪戯の場所はここしかない！

「ワヤ（＝お前は）、……泳げるツか？」

少年は先ず、浄化槽内で泳ぐ案を思いついた。

ノブオは悪戯に気づいたのか、目を丸くしていた。ここは父が守る大切な場所である。〈泳げるのか？〉と聞かれても、簡単には返事ができない。少年は今こそニッケの出る番だと思ってノブオの肩に手を置き、〈ねえ、ニッケは旨メかったじゃろ？〉と言った。

そして次に、半ズボンを脱ぎはじめた。

するとノブオは下を向いたまま突然、ポケットのニッケに手をやった。迷っているらしい。父に叱られるのを覚悟して、ここで泳ぐべきなのか？　それともニッケを放り出して逃げるべきなのか？　ノブオの答えは二つに一つである。

「オイも……、泳ぐ」

ノブオは迷った後、低い声で言った。

さすがは守衛の子供であり、腹がすわっている。先ず藪に囲まれた有刺鉄線を見つけ、その下を掘ってくぐり抜けた。だが家の入り口に立つと、大きな鍵がかかっていた。だが不思議。ノブオは頼みもしないのに、鍵をガチャガチャ動かして開けていた。

少年は〈恐るべき守衛の息子だな〉と思った。

室内には裸電球がぶら下がり、水は底が見えるほど澄みきっていた。ここで泳いだら多分、守衛はかんかんに怒るだろう。浄化槽はいくつかの塀で仕切られ、一定の方向へ流れていた。二人が裸になった時、〈ジュルジュル！〉という奇妙な音が聞こえてきた。

今の音は一体、何だろうか……？

恐ごわ最奥まで進んだ時、思わず足がすくんだ。水が配水管に吸い込まれる時に渦ができ、〈ジュルジュル！〉という音をたてているのだった。ここで泳いだら、あの渦に巻き込まれるかも知れない。もういけない。二人は恐くなり、固まってしまった。

「チットばっか（＝少しだけ）……、ここは寒ミイね」

少年は恐さ半分で、大げさに身震いした。

〈仕返し〉をするために来たのに、最後の最後でまた〈弱虫〉が頭をもたげてきた。オレは守衛が言うように、やっぱ〈弱虫〉なのでは？　そう思うと、〈ママトト〉と言った守衛の姿と台風の中で怒鳴りあう父と兄の姿とが心に浮かんできた。

「ああ、小便をすゴたる！　おい、ワイも早ヨ、小便をせエ！」

少年は両手で股間をつかむと、渦巻きの方へと走った。

小便ならできる。要するに守衛を困らせればいいわけで、浄化槽で泳ぐよりも小便を垂らす方がずっと効果的である。そう思って再度、舌で唇を舐めた。ところが残念、小便は少しも出てこなかった。懸命にいきんでも、結果は同じであった。

「よかかノブオ、よおく見チょれ！」

少年は負けられないと思って再度、懸命にいきんだ。

しかしノブオは違った。キウリみたいなものをつかみ、大きな渦のところまで小便を飛ばし始めた。先ほど二回も小便をしたのだ、少年の小便は一滴も出ないのだった。ああ、自分はやっぱ弱虫であり、父は〈ママトト〉である。そう思うと、涙がどっと溢れ出てきた。

辰平の悩み

（一）

「じゃ、また来るよ、母さん」

入院中の母を見舞って帰る時、辰平はいつもこの言葉を使う。

今日も同じで、〈また来るから、元気にしておれよ〉と言って病室を出たのだった。しかしその次が少し違っていた。受付で礼を言って帰ろうとした時、看護士（当時の男性看護師の呼称）が〈ちょっとお待ちください〉と言って近づいてきた。

「カ、キ、ツ、バって、何でしょうかね……？　最近、お宅のお母さん……、よくこの言葉を呟くんですよ？」

「カキツバですか……？　さあ、分かりません」

辰平には全く、見当がつかなかった。

時代は長かった昭和が終わり、平成に入った頃である。〈美空ひばり〉が死んだ頃と言い換えてもいいし、〈ベルリンの壁が撤去された頃〉と言い換えてもいい。辰平は病院の近くで農業をしながら、副業としてガソリンスタンドで働いていた。

数日後、辰平はまた同じことを聞かれた。

二つの仕事の合間をぬって、やっと母を見舞った時であった。急に〈カキツバって何ですか?〉と聞かれても、簡単に思い出せるものではない。母が九十歳を過ぎた超高齢であるなら、辰平は六十歳の還暦を迎えようとしていた。

季節は初夏で、やっと田植えを終えたところである。

昨夜はまるで天空が破れたように雨が降っていたのに、今は雲ひとつない晴天である。辰平はハンドルを握って、〈カキツバか?　……カキツバ〉と呟きながらガソリンスタンドへと向かった。到着する頃、〈もしかして……?〉と思った。

スタンドの入り口で、アジサイの花が出迎えてくれた。

アジサイの原産地は日本であるから、桜と同じくらい種類が多い。花弁には昨夜の雨滴が残り、ぴかぴかと輝いていた。すると不思議。花弁の中で、何者かが動いているように見えた。もしかして母の言う〈カキツバ〉が生き返って、何か話し掛けているのでは?

＊　＊

そう感じるのは多分、〈シズ姉のせいかな？〉と辰平は思った。

シズ姉は子供の頃から、アジサイなどの花が大好きであった。庭先だけではなく、畑の畔道にも草花を植えて楽しんでいた。性格が一直線であり、〈こうと決めたら最後まで突き進む〉のがシズ姉の長所であり短所でもある。

あれは母が中風で倒れて、間もない頃であった。

辰平には、高校卒業を前にした息子がいた。性格が一直線であるのは姉とそっくりで、急に大学進学を申し出たのだ。農業だけでは息子を大学へ進学させられないから、近くのガソリンスタンドで働くことにした。すると当然、母を見舞う回数が少なくなった。

「あんたは父さんがなぜ、辰平と名づけたのか知ってるよね……？」

ある日、シズ姉が皮肉っぽく言ったのを記憶する。

母を見舞う回数が少なくなったのだ、姉の語調は怒っているように聞こえた。父が鬼籍に入って久しいから、自分の名前の由来など聞いたこともなかった。問題は自分が生まれる六十年ほど前、父は何を考えて自分に〈辰平〉と名づけたかである。

「あんたは……、〈楢山節考〉って映画、見たことがあるよね？」

シズ姉は言いつつ、じっと見入ってきた。

あの映画だったら若い頃、見た記憶がある。江戸時代の頃、百姓の生活はとても苦しかった。

ある城主は考えて、老いて七十歳になった者は裏山に捨てるという掟《おきて》を作った。捨てられる母親が〈おりん〉であるなら、捨てる息子の名前は〈辰平〉であった。

「だから父さん……、辰平という名前にしたの」

姉は念を押すように、〈ねえ、分かった？〉と言った。

記憶にないことを思い出すのだ、何をどうすればいいのか分からなかった。映画の中の〈辰平〉は掟どおり、母親〈おりん〉を背負って裏山に捨てたはず。だったら姉は〈母を老人施設に入所させること〉は即、〈楢山節考と同じだ〉と言いたいのでは……？

疑問と姉への不満は日々、深まっていった。

辰平が妄想を見るようになったのは正直、この頃からである。困ったことにこの時期、アジサイはどこの農家や店の庭先でも咲き乱れる。何気なくアジサイに目をやると、花弁から不可解な記憶が這い出ようと藻掻《もが》いているように見えた。

「姉さんは……、オレが母を見捨てたと言いたいのかい？」

辰平はついに、シズ姉へ苦情の電話をかけた。

姉はそれには答えず、〈も少し母さんの面倒を見てよ〉と言って電話を切った。面倒は見たいけど、息子の学費を稼ぐにはガソリンスタンドは辞められない。さらに言えば、無学であった父がなぜ、楢山節考の主人公と同じ〈辰平〉にしたのかも不明。

(二)

数日後、辰平は母を見舞った。

姉に注意されたのだ、見舞う回数を多くしたいと思っていた。その日も受付で、訪問者の名前を記入している時であった。例の看護士が駆け寄って来て、〈お宅のお母さんは最近、変な言葉を何度も呟きましてねえ……〉と苦情を言った。

「シ、借金を……、カ、返す……」

母は最近、こう呟くようになった(らしい)。

ここまで言われたら、もう放ってはおけない。辰平は病院の車椅子に母を乗せて、散歩をすることにした。聞きたいのは二つ、〈カキツバ〉と〈借金を返す〉の意味である。この二つの言葉は単なる戯言《たわごと》なのか、それとも何か関係があるのかを知りたい。

「シ、シズは……、ゲ、元気か……?」

病棟を少し離れた時、母が口を開いた。

〈シズ〉とは辰平の姉のことであり、今は近くで美容院を経営している。店を経営するのだから、〈頑張り屋〉と言ってもいい。男の子も産んでいるのだ、申し分のない姉である。受付の名簿で知る限り、姉は週に一度は母を見舞っているようである。

「ココ、ココじゃが。ココに……、ワ、わが家があった……」

しばらく進んだ時、母は興奮ぎみに周囲を見回し始めた。

そうだ、今まで何回も聞かされた話である。実はこの病院は元海軍病院であり、母の生家はこの敷地内にあったと聞いている。しかし日本が苦戦し始めた昭和十八年の頃、母の実家は当時の海軍によって強制的に退去させられた（らしい）。

生家の跡地だから、母が興奮するのも当然である。

元海軍病院の跡地であるから当然、敷地も広大である。二階建の病棟や倉庫などが十棟ほど並び、今でも当時の戦争の悲惨さを忍ばせている。東南アジアや南九州の戦場で負傷したり、発病した多くの兵たちがこの病院へと運ばれてきたと聞く。

辰平は戦争の無残さを忍びつつ、母の車椅子を押した。

母の生家跡らしい場所まで来た時、いつもの珍事が起きた。生家跡に、例のアジサイの花が咲き乱れていたこともある。例によって花弁の中で、〈何者か〉が必死に藻掻いているように見えた。さて、自分と母を悩ませているのは一体、〈何者〉だろうか？

「母さん……。カキツバって、何ね？」

辰平は念のため、恐るおそる聞いてみた。

母は答えず、懐かしそうに生家の跡地を眺めていた。ここは山里を切り開いたものだそうで、元海軍病院を見下ろす高台にある。母は幼少の頃に多分、この地で遊び回っていたのだろう。そう思うと無性に、〈カキツバ〉と〈借金を返す〉が気になってきた。

＊　＊

辰平はその夜、シズ姉に電話をかけた。

「カキツバね……？　ほら、あれよ、あれ……」

姉はなぜか、ここで言いよどんだ。

話しづらいのか、迷っているのかは不明。辰平はふと最近、自分を惑わせているアジサイの花を思った。シズ姉と母を思えば必ず、アジサイの花が心に浮かぶ。ただ心に浮かぶだけではなく、紫、白、赤の花びらが混ざりあって心の中で乱舞し始める。

「終戦前の頃、兵隊さんが……、よく家に来たじゃない……？」

シズ姉は言い、明るく笑った。

こっちは身構えているのに、姉は笑っている。半世紀も前のことであるから、自分はまだ幼児であった。その頃、自分の周りで〈カキツバ〉という兵と〈借金を返す〉に関する何かが発生したらしい。それが急に姿を現わし、母を苦しめているのだろうか……？

「あんた、覚えてないの？　兵隊さんは母のお陰で……、ずいぶん助かったのよ」

姉が不満そうに言うと突然、電話は切れた。

実は辰平も内心、思い出しつつあった。時期は終戦間ぎわの頃である。当時は極端に食糧不足であり、兵隊たちは食糧を求めて農家を回っていた。母が与えたのはサツマ芋やナスなどであったが、その兵の中に〈カキツバ〉という名の兵隊がいたのでは……？

㈢

次の日に母を見舞うと偶然、シズ姉も病室にいた。

喜んだのは母であり、何度も〈カキツバ……。カキツバ……〉と呟いた。姉が〈ねえ母さん、カキツバさんがどうしたのね……？〉と聞くと母は黙りこみ、泣き始めた。認知症の症状が悪化したと思って、二人は母を慰めることだけに終始した。

「ねえ、あんたは本当に覚えてないのね？」

帰り支度をしていると、シズ姉が言った。

辰平は最初、母へ聞いた質問であると勘違いして黙っていた、しかしシズ姉の手が自分の肩に置かれたので、自分に聞いた質問であるらしいと思った。さて、小学校へ通う前の幼少の頃、自分の回りに〈カキツバ〉という名の兵隊がいたのだろうか？

「カキツバさんは当時……、あんたをとっても可愛がってたのよ……」

姉は助け船を出し、懐かしそうに笑った。

そう言われると幼少の頃、家族以外の誰かに可愛がられた記憶がある。テレビは先日、〈記憶の半分は作られたものである〉と話していた。もしその説が正しければ、自分は幼少の頃、〈カキツバ〉という名の〈作られた〉兵隊に可愛がられていたことになるのだが……？

「あんたは一緒に馬に乗ったり、アユ釣りにも行ってたのよ……」

シズ姉は言い、今度は羨ましそうな顔をした。

シズ姉はなぜ、羨ましそうな顔をするのだろうか？　長兄は出征中であったから、わが家の男性は父と幼少の自分だけであったはずだが……？　そう思って、庭先を見ると不思議。例のアジサイの花弁で、梅雨の雨滴が意味ありげに輝いていた。

「戦争中であっても、敵は病院の攻撃はできない決まりだよね……？」

姉は一瞬、厳しい顔になっていた。

辰平は〈あ、あれだな〉と思った。授業で習ったことがあるが、この決まりを〈ジュネーブ条約〉という。人道的な理由で、赤十字の旗を掲げる病院は攻撃できない決まりになっている。最初は守られていたが、米軍は赤十字など構わず攻撃するようになった。

日本軍はその後も、粘り強く抗戦しつづけた。

学校の先生がいい例で、〈日本は絶対、鬼畜米英に勝つ！〉と言いつづけた。学校の先生が〈絶対に勝つ！〉と言われるのだから、学童でもない辰平も〈絶対に勝つ！〉と信じていた。だが残念。原子爆弾が二つ投下されると即、日本軍は敗戦を認めた。

その頃、鮮明に覚えている記憶が一つある。

あれは〈鬼畜米軍〉が戦車に乗り、海軍病院に攻めてくるという噂が流れた時である。辰平は仲間と連れだって、海軍病院へと走った。〈鬼畜〉とは鬼であり、畜生という意味である。半分は〈見たい！〉と思ったが、半分は見る前からとても恐かった。

辰平は人垣から〈鬼畜〉を覗き、思わず目を疑った。

先頭を戦車が進み、その後に数台のジープが続いていた。きっと恐ろしい〈鬼畜〉が乗っているると信じていたのに、〈鬼畜〉ではなかった。敵兵は〈鬼畜〉どころか、背の高い色白の男たちであった。しかも微笑みながら、少年たちへ手を振っている。

辰平は一瞬、信じられないと思った。

鬼畜とは〈ひどく残酷で、人情を知らない者である〉と先生は話していた。しかし目の前の〈鬼畜〉は色白であり、しかも優しく微笑みながら手を振っている。辰平にとっては一種の驚愕であり、〈先生は嘘をついたな？〉と思って落胆もした。

＊　＊

「でもあの頃……、恐ろしい〈デマ〉が広がったのよね……？」

シズ姉は母の肩を撫でつつ、優しく言った。

母は姉に身を任せ、前後に揺れている。姉の説明によればその頃、恐ろしい〈デマ〉が広がった。終戦とは〈日本が鬼畜に敗けたこと〉でもある。鬼畜である米軍は日本へ上陸し、〈女こどもには悪戯をし、兵隊は殺される〉という恐いデマが広がったのだ。

「あの日……。カキツバさんが家にやって来たのよね……？」

姉は再度、母の肩を撫でつつ揺すった。

その日はかんかん照りで、庭には収穫を迎えた大豆の枝が地干しにされていた。大豆の莢《さや》が〈パチパチ〉と弾ける音がしたので庭を見ると、カキツバさんが立っていた。カキツバさんは母へ軍隊式の敬礼をすると突然、何かを差し出してきた。

「お母さんには大変、お世話になりました！　これ、少ないですが……」

シズ姉はカキツバさんの真似をして、母へ軍隊式の敬礼をした。

それを見た母は少し微笑んだ後、なぜか急に泣き始めた。姉は母の涙を優しく拭きとると、〈やっぱ戦争は恐いよねえ〉と言った。辰平の記憶にはこの場面は残っていないが、〈女こどもは悪戯され、兵隊は殺される〉というデマだけは覚えていた。

「カキツバさんは一体……、何を差し出したの……？」

辰平は念のため、確かめてみた。

「それが……、お金だったの……。だよね、お母さん？」

シズ姉はくすっと笑い、なぜか一緒に泣きはじめた。

兵たちは多分、〈自分は殺される〉と覚悟したに違いない。食糧不足で死ぬ運命にあったのに、優しい母のお陰で命は助かった。兵たちは感謝して、母のことを〈お母さん〉と呼ぶほどになっていた。その万分の一の謝礼として、持ち金すべてを渡すしかない。

「母さんはその金……、受け取ったのかい？」

辰平は念のため、母の肩を揺すって聞いた。

だが残念。母は理解できないのか、ただ前後に揺れるだけである。でも、これで大方の謎は解けたと思った。〈カキツバ〉とは元日本兵の名前であり、〈借金〉とは元日本兵が母へさし出したお金のことである。母は今になって、そのお金を返すつもりらしい。

「ねえ、母さん……。その金を返したいのかい？」

辰平は念のため、母の肩を揺すって聞いた。

だが残念。母は認知症になって久しいから、聞かれた内容も分からないらしい。今は戦争が終わって、半世紀ほどが過ぎている。金を返すには先ず、〈カキツバ〉さんに会わなければならない。次に〈カキツバ〉さんが返金を望むか、否かを確かめるべきである。

「その金額は……、どれぐらいね、姉さん」

辰平は念のため、姉に向きなおって聞いた。

「正確には覚えてないけど多分……、十五円ぐらいだったかも……？」

姉は言いつつ、げらげらと笑った。

タバコが一箱二十三銭で、豆腐は二十銭の頃である。カキツバさんは当時、ポケットに十五円しか持っていなかったと思える。平成が始まった今、ソバは四百円で、カレーライスは五百円である。だったら当時の十五円は今、どれほどの価値があるのだろうか？

百倍だと〈千五百円〉、一千倍だと〈一万五千円〉である。

いや、待て。物資が極端に不足していた終戦直後と、バブル成長期と呼ばれる現在とでは比較ができない。多くの百姓が都会へと流失し、残った少数の百姓はトラクターに乗って農作業をしている。息子が大学へ進学すると、その学費稼ぎで四苦八苦である。

「ねえ……、カキツバさんの出身地はどこね？」

辰平は急に弱気になり、話題を変えた。

たとえ金額を割り出したとしても、本人に会わないと金は返せない。沖縄が米軍に陥落したのは昭和二十年六月であり、次に予想される攻略地はここ南九州であった。兵隊は全国から召集されていたが、姉だったらカキツバさんの出身地を知ってるだろう。

「あ、それね。たしか……、四国の愛媛県よ」

予想どおりで、姉はいとも簡単に思い出した。

辰平はまたまた、〈なぜだろう?〉と思った。例えば食糧難の頃、兵士が食べ物ねだりにわが家へやって来たと思ってみる。母は気の毒に思って、サツマ芋やナスなどを与えていた。母の近くにいた娘は一体、どんな気持ちで兵士たちを見ていたのだろうか?

「愛媛県の人で、実家はたしか……、床屋(=理髪屋)さんよね?」

姉は自慢そうに言い、母の背中を撫でている。

「ほら、あの頃……。あんたはバリカンで、何度も……?」

姉は笑いつつ、母の頭をバリカンで刈る真似をした。

辰平は〈なぜだろう?〉ではなく今度は、〈もしかして?〉と思った。家には今でも古びたバリカンが残り、誰かに何度も頭を刈ってもらった記憶がある。姉とは十歳違いであるから、当時の姉は十七~八の娘盛りであったはずだが……?

＊　＊

「だったら、考えられるのはただ一つだよな……？」

辰平は翌日、ガソリンスタンドの横で咲くアジサイに語り掛けた。

最近はなぜかアジサイが気になるので先程、スマホで検索してみた。原産地は日本国内で、種類は紫、赤、白などと多く、花期は初夏の数ヵ月間。ここまでは認めるが、アジサイの花言葉を見て驚いた。なんと〈浮気〉、〈辛抱強い愛〉、〈無情〉であるという。

苦笑しつつ、〈シズ姉に恋心が芽生えた〉と思ってみた。

食糧難はその後もつづいたから、カキツバさんは何回も訪ねてきた。ただ空腹を満たすことだけが目的ではなく、辰平の髪をバリカンで刈ったり、シズ姉と会うのが目的であった。二人とも青春のただ中にいるのだ多分、それ以上のこともあったと思える。

その証拠に戦後、カキツバさんはなぜか帰郷しなかった。

レントゲン技師になったという噂は聞いたが、その後の消息は全く不明である。四国へ帰郷したのか、それとも居残って医療関係の仕事に従事したのかも不明。元海軍病院は市立中央病院へと名前を変え、今では地域医療の中核を担っている。

シズ姉の人生も同様であり、いくつもの変遷があった。

この地では当時、二十歳を過ぎた女性は大かた既婚者であった。だがシズ姉は違って、とても複雑であった。二十五歳の頃になぜか家出をし、三十歳の頃に子供を連れて帰ってきた。その後は三十五歳の頃に再婚をし、今は町で美容院を経営している。

姉はなぜ家出をし、なぜ再婚後に美容師になったのかは不明。

もしアジサイに、〈姉の人生はなぜこんなに破天荒なの？〉と聞いたとする。アジサイは迷わず、〈それは多分……、花言葉が教える〈無情〉か〈浮気〉のせいだろうね。もしかしたら……、〈辛抱強い愛〉も考えられるね……？〉と答えるだろう。

終戦後、肺結核が異常に蔓延したことも考えられる。

原因は極端に貧困であったので、衛生面まで手が回らなかったのだろう。結核病棟が二棟も増設されるほどであったから当然、レントゲン技師であったカキツバさんは帰郷できなかった。これが花言葉が教える〈無情〉なのか、それとも〈浮気〉なのかは不明。

問題はレントゲン技師と、姉の〈婚期のずれ〉である。

両者には深い関係がありそうであるが、決定的な要因は何も思い出せない。しかし姉は結婚後に男の子をつれて離婚をし、今は隣町で美容院を経営しているのは事実である。これらは単なる偶然なのか、それともカキツバさんと何か関係があったのかは不明。

こうなったら、アジサイの花に聞く以外に方法はない。

辰平はそう思って終日、アジサイの花に聞いたが無駄であった。カキツバさんはなぜ、戦争が終わっても四国へ帰郷しなかったのか？　シズ姉はなぜ婚期がおくれ、なぜ離婚をして隣町で美容院を経営しているのか？　聞いても、アジサイは何も教えてくれない。

(四)

数日後、辰平はある不可解な体験をした。

ガソリンスタンドで働いていると日々、いろいろの情報が入ってくる。地域内の噂だけではなく、地域外の出来事や人の噂も入ってくる。その日は灯油が不足したので、家まで配達してほしいという電話注文が入ったことから始まった。

注文先は遠く、町外れの山中であった。

国道から県道に入り、さらに坂道を登っていくと廃校になった小学校跡があった。そこを通過すると一瞬、目の前がぱっと広がる盆地であった。この僻地のどこかに、灯油の配達を頼んだ人が住んでいるはず。そう思いつつ、辰平は配達先を探した。

集落の一角に、古めかしい理髪店があった。

店先には奇しくもアジサイが植わり、その横に〈垣鍔《かきつば》理髪店〉という看板が見えた。辰平は一瞬、変な予感がした。予感は間違いなく、アジサイと関係がありそうであった。例によってアジサイの花弁で、何かが動いているように思えた。

辰平は店の前で一瞬、中に入るべきかで迷った。

店名は〈垣鍔〉であるが、母を悩ませている〈カキツバ〉とも読める。理髪店であるから、幼少の頃バリカンで頭を刈ってもらったあの〈カキツバなのでは？〉と思った。店先のアジサイから、〈早く中に入って、調べろよ！〉と叫ぶ声がした（と思った）。

思い切って店に入ると、老人が待っていた。

老人はにこにこ笑いながら近づき、親しげに手を差し出してきた。辰平は一瞬、老人の顔に終戦の頃の〈カキツバさん〉を重ねてみた。だが残念。両者は違いすぎて、重ならなかった。それでも握手すると一瞬、親近感らしき何かがぱっと体中に広がった。

「遠いところを……、すみませんねえ」

声がしたので振り向くと、女性が立っていた。

理髪師の妻であるのは確かで、財布から金を取り出すところであった。歳は七十歳ほどに見えるけど、腰が少し曲がっていた。女の近くに立っている老いた男が多分、理髪師の〈垣鍔さん〉である。辰平は勝手にそう思ったが、確かめる勇気はなかった。

「お一人で経営なさっているんですか……？」

随分とぶしつけな質問である。

辰平は反省したのだが、老いた理髪師はそうでもないらしい。〈わしらには子がおらんからねえ……〉と言って苦笑した。辰平は悪いことを聞いたと反省しつつ再度、老人と握手をした。この集落も人口流出が進んでいるのか、店内に客は一人もいなかった。

「ご用の時は……、いつでも電話してください」

辰平はドアを閉め、逃げるように理髪店を後にした。

〈垣鍔〉は終戦時の〈カキツバ〉と同じ名前であるが、バリカンで髪を刈ってくれたあの人であるのかは不明。母は今、〈カキツバ〉とか〈借金を返す〉と戯言を言って困らせている。自分にできる親孝行はただ一つ、母とこの男とを会わせることなのでは……?

＊　＊

辰平は早速その夜、シズ姉へ電話をしてみた。

姉は〈カキツバ〉という言葉を聞いただけで、驚いたように思えた。〈カキツバ〉さんの出身地は愛媛県であり、家業は理髪屋であったはず。そう信じていたのに〈カキツバ〉さんは帰郷もせず、隣町に移り住んで妻と二人で理髪店を経営している。

「ねえ、その奥さん……、どんな人だった……?」

案の定、シズ姉が遠慮がちに探りを入れてきた。

辰平は一瞬、迷った。このような時、何と答えたらいいのだろうか? いや何と答えたら、シズ姉は喜ぶのだろうか？　灯油の料金を自分で払うほど、〈しっかり者である〉だろうか？　それとも七十歳に見えたけど、〈腰が少し曲がっていた〉だろうか……？

「腰が少し……、曲がっていたよ」

辰平は迷った後、〈腰〉を選んで答えてみた。

すると不思議。姉は急に元気づき、〈戦争が終わって、もう五十年だもんねえ……〉と言った。

姉の元気はつづき、理髪店の〈垣鍔〉さんと会ってみたいと言い始めた。会う場所は母が入院している病院にし、ついでに〈母の借金十五円〉を返すことに決めた。

㈤

再会することにはしたが、その詳細は決めにくかった。

〈垣鍔〉理髪店の定休日は月曜日であるという。その日を中心に、互いに都合のいい日を選ぶことにした。しかしシズ姉が経営する美容院の定休日と合わず、なかなか調整ができない。やっと決めた日時がなんと、終戦記念日の八月十五日の午後一時であった。

その日が近づく頃、二人は別のことでも苦慮した。

兵士〈カキツバ〉さんが理髪師〈垣鍔〉さんと同一人物であったら、〈母はいくら返金すべきか？〉であった。何回も話しあった結果、一千倍の〈一万五千円〉と決めた。その〈一万五千円〉を姉と等分して、〈七千五百円〉ずつを出しあうことにした。

ここまで決めるのに、何回も電話で話しあった。

経済的に言って、二人の生活は決して楽ではない。なのに急に、〈七千五百円〉を工面することになった。ふと終戦後、日本は台湾や朝鮮などへ多額の賠償金を支払ったのを思い出した。自分らも戦犯の一人として、賠償金を支払う義務があるのだろうか……？

辰平はスマホで、映画〈楢山節考〉を調べてみた。

江戸時代の頃、七十歳を過ぎた老人は誰でも、〈楢山参り〉をするという厳しい掟があったらしい。心やさしい辰平は悩むが、〈楢山参り〉の掟を破る勇気などはなかった。ある雪の降りしきる夜、決心した辰平は母親〈おりん〉を背負って〈楢山〉へ出かける。

その途中で、感動的な場面が待っていた。

母を背負った背中から、木の小枝が折れる〈パキン、ボキン！〉という音が聞こえ始めたのだ。不審に思った辰平が尋ねると、母親は〈お前が帰りの道に迷わぬよう、木の枝を折って目印にした〉と答える。この場面で、画面は〈子を思う母心〉へと変わる。

しかし今の辰平には、この種の感動はなかった。

父がなぜ自分に、映画の主人公と同じ〈辰平〉という名前をつけたのかも不明。自分は母を

〈楢山〉に捨てる代わりに、老人施設に入所させている。早く〈カキツバ〉さんに再会させて、〈一万五千円を返すこと〉が本当の親孝行になるのかも不明。

不安がつのる反面、ほっと安堵もした。

〈カキツバ〉さんは多分、〈一万五千円〉は受け取らないだろう。だって〈お母さん〉と呼ぶほど感謝していた母へ突然、手渡した金はたったの〈十五円〉であった。それを一千倍にして受け取ったが最後、兵士自慢の〈大和魂〉など瞬時に消え去るのだから……？

＊　＊

迷いに迷った末、辰平はある案を思いついた。

あるテレビ番組で、「ご対面」というバラエティー・ショーを放映している。たとえ敗戦であっても、カキツバさんには是非会いたいと思っている戦友や人はいくらでもいるだろう。それを「ご対面」ふうに作り変えれば多分、母も喜ぶだろうし親孝行にもなる。

「あんた、馬鹿じゃない！　兵隊さんはね……、生命がけで国を守ってたの！」

シズ姉に相談すると即、一喝《いっかつ》された。

姉に言われなくとも、〈生命がけの戦い〉であったのは知っていた。〈空襲警報〉は連日のように発令され、辰平ら子供はわれ先に防空壕へ逃げ込んだと記憶する。それを「ご対面」というバラエティー・ショーに改作するなど、まさに失礼千万である。

〈垣鍔〉さんとの再会は日々、近づいていた。

だが残念。この時期は〈葉タバコ〉の収穫時期とも重なっていた。この地の農家にとって、〈葉タバコ〉耕作は最も現金収入の見こまれる仕事である。早春から、精魂をこめて育ててきた〈葉タバコ〉である。辰平は早朝から夕方まで、その収穫に没頭した。

没頭はしても、〈ご対面〉は忘れなかった。

〈カキツバ〉さんと〈垣鍔〉さんは同一人物なのか、それとも別人なのかは未解決である。辰平は〈カキツバ〉さんとの〈ご対面〉を想像しながら、多忙な〈葉タバコ〉収穫と息子の学費にするガソリンスタンドでの副業に専念した。

㈥

ついに運命の日、八月十五日がやってきた。

空は終戦記念日と同じように、なぜか晴れ渡っていた。病室の周囲には例のアジサイが植わり、近くではクマゼミが盛んに鳴いていた。クマゼミは〈シャワ、シャワ〉と鳴くとされるが、辰平にはなぜか〈死ネ、死ネ、死ネ〉と鳴いているように聞こえた。

「先日はどうも……」

声がして振り向くと、初老の〈垣鍔〉夫婦が立っていた。

辰平は先に立ち、近くにある面会室へと二人を案内した。病室では狭すぎるし、他の患者の邪魔になると判断したからである。〈垣鍔〉さんが〈先日の灯油で助かっています〉と世辞ばかり言うから、辰平は母を迎えに病室へと急いだ。

シズ姉は定刻になっても、なかなか現われなかった。

約束した日時は〈終戦記念日の午後一時〉と決めたのに、もう三十分も過ぎている。姉の性格は真面目な〈一直線〉である。アジサイの花言葉と同じ〈冷淡〉であり、〈辛抱強い愛〉でもある。だったら、今日の面会時刻を忘れることなど考えられない。

辰平は母を車椅子に乗せると、面会室へと向かった。

窓外では、花期の長いアジサイが薄汚れた茶色になって咲いている。〈辛抱強い〉と言えば聞こえはいいが、薄汚れた姿は〈無情〉にも思えた。さあ今から、待望の〈ご対面〉が始まる。果たしてテレビみたいに、感動的な場面が見られるのだろうか……？

面会室に近づいた時、変な予感がした。

窓外ではアジサイと一緒に、桜の大木が立っている。そう思った時、クマゼミは冷やかすように〈死ネ、死ネ、死ネ〉と鳴き始めたのだ。辰平は構わず〈母さん、今からカキツバさんに会うよ〉と言って車椅子を押した。母は理解したのかしないのか、目を閉じている。

「はい、ご対面ですよ！」

辰平はわざと大声で言って、待合室に入った。

驚いたのは〈垣鍔〉さんで、〈お母さん！　お母さんですよね？〉と叫ぶと、車椅子へと駆け寄ってきた。しかし残念。母は黙ったまま、老いた〈垣鍔〉さんを見上げていた。これでは〈垣鍔〉と〈カキツバ〉が別人なのか、同一人物なのか判然としない。

止せばいいのに再度、クマゼミが〈死ネ、死ネ〉と鳴き始めた。

母は今まで何度も〈カキツバ……〉とか、〈カ、金を返す〉と言っていたはず。実際に再会できたのに、なぜ黙っているのだろう？　考えられる理由は認知症であるせいか、それとも〈カキツバ〉さんと〈垣鍔〉さんは別人であると言いたいのでは……？

もし別人であったら絶対、〈一万五千円〉は渡さない。

違う人に金を渡したら即、刑事問題になる可能性だってある。正直に言って、自分らの生活は楽ではない。母が受け取った金額は〈十五円〉であったのに、姉と二人で用意した金額はその一千倍の〈一万五千円〉である。さあ、母さん。どちらが正しいのだろうか？

「遅くなって……、ごめん、ごめん！」

とその時、廊下で大声がして女性が入ってきた。

声の主がシズ姉だと分かると、辰平は思わず〈おおっ!〉と声を上げた。〈若造り〉という表現があるが、シズ姉は正にその通りであった。衣服のいたる所に花模様があり、頭も花で飾っていた。これで姉がなぜ定刻に、三十分も遅れたのか理由が分かった。

「お久しぶりです。シズでございます……」

シズ姉は〈カキツバ〉さんではなく、妻へ頭をさげた。

半世紀ぶりの〈ご対面〉である。感動のあまり〈カキツバ〉さんと抱き合うと思っていたのに、期待外れであった。〈垣鍔〉さん夫婦も同じで、軽く頭を下げただけであった。電話で何度も連絡しあったから、感動が薄れてしまったのだろうと思うことにした。

「お電話しましたように……、母は中風になっています」

姉は言いつつ、母の車椅子へと寄り添った。

次に予想される場面は司会者が〈ご対面!〉と叫び、両者がしっかりと抱きあう場面である。そうなると思ったのに、期待外れであった。〈カキツバ〉さんが母に近づくと、母は黙ったまま返金〈一万五千円〉の入った紙袋を差し出したのだ。

「認知症になって……、長いんですか?」

〈カキツバ〉さんは元レントゲン技師らしく、優しく聞いた。

「発症から……、もう五年になりますかね……?」

辰平も説明しながら、車椅子へ近づいた。

九十歳にもなれば、誰だって一つや二つの持病を持っている。この種の話をしていたら多分、感動的な〈ご対面〉にはならない。今は母が認知症を発症した時期よりも、先ずは〈カキツバ〉さんと〈垣鍔〉さんが同一人物であるのか否かを知ることである。

「電話で話した通り、母は最近〈借金を返したい、借金を……〉などと言い始めましてねえ……？」

辰平は試すように言ってみた。

感動的な〈ご対面〉にするには、〈借金返済〉の場面を作る以外に、方法はない。終戦直後の〈十五円〉を一千倍にして、五十年後の〈カキツバ〉へ〈一万五千円〉を返す。母は喜ぶだろうし、今は亡き父親にも〈楢山節考〉みたいな親孝行をしたことになる。

「さあ……、記憶にありませんねえ？」

〈垣鍔〉さんは言って、首を傾げていた。

辰平は一瞬、そんな馬鹿なと思った。〈ご対面〉を計画した頃、電話で何回も確かめたはず。〈垣鍔〉さんは懐かしそうに認めたのに、今は〈記憶にありません〉と言う。もし記憶にないのなら、〈垣鍔〉さんと〈カキツバ〉さんは別人になるのだが……？

「なに言ってるの、あんた……！」

その時、語気の強い女の声がした。

言ったのは〈垣鍔〉さんの妻であり、かなり苛立っているように見えた。感情の高ぶりに影響されたのか、クマゼミが再度〈死ネ、死ネ〉と鳴きはじめた。すると不思議。茶色に薄汚れたアジサイも風に揺れはじめ、〈無情〉を主張しているように見えた。

「ほら！　あれよ、あれ！」

〈垣鍔〉さんの妻は一瞬、椅子から立ち上がっていた。

するとシズ姉も立ち上がり、妻の方へと近づいた。戦争を体験した女性同士が急に怒って、対峙しているところである。時は終戦の頃、食糧に飢えた兵士が農家の主婦に助けられた。半世紀が過ぎる間で、両者にはどんな異変が発生したのだろうか？

「あんたは時々、話していたじゃないの！」

〈垣鍔〉さんの妻は言うより早く、母から紙袋を奪った。

母は何が起きたのか分からないのか、にっこりと笑っていた。〈垣鍔〉さんの妻は紙袋を広げて金額を確かめ、安心したように自分の財布へ入れた。これが母と〈垣鍔〉さんとの〈ご対面〉の概要であるが、なんとも不可解な再会であった。

「最近は人口減少のために、客が少ないの……。とても助かりますわ」

〈垣鍔〉さんの妻は両手を合わせ、母へ深く頭を下げた。

〈ご対面〉は決して感動的ではなかったが、これで終わったように思えた。半世紀ほど前の南九州で、食糧に飢えた兵士たちと農家の主婦との間で行なわれた人道的な支援。その一部が再現されたのに、〈ご対面〉は何の感動もなく終わるところである。

「ちょっと！　ちょっと、待ってよ！」

大声で叫んだのはシズ姉であった。

「あんた！　旦那を奪った上に……、今度はお金まで奪うの？」

シズ姉は叫び、〈垣鍔〉さんの妻へと詰め寄った。

「旦那が〈俺か子供のどちらかを選べ〉と言った時、あんたは子供を選んだよね？」

〈垣鍔〉さんの妻は姉を睨みつけ、帰り支度をし始めた。

辰平は頭が混乱したが、〈なるほど〉とも思った。姉は若い頃に結婚したが、子供をつれて離婚してきた。もしその離婚相手が〈カキツバ〉さんであったら、全てが解決する。姉の旦那を奪ったのは〈垣鍔〉さんの妻であるから、姉が怒るのも当然である。

「じゃ……、また来ますね。お母さん」

〈カキツバ〉さんの明るい声がした。

夫婦は帰り支度をするところである。母には〈カキツバ〉さんの声に聞こえたかも知れないが、辰平には同一人物の声に聞こえた。シズ姉は極端に、激怒していた。しかし〈垣鍔〉さんの妻は反対で、今月は〈一万五千円〉で家計が助かると喜んだのかも知れない。

初出一覧

「田の神さア」の恩返し　書き下ろし
飢餓の兆し？　「霧」一一二～一一三号
熟　柿　「龍舌蘭」七六号
禁じられた遊び　「しゃりんばい」三五号
辰平の悩み　「霧」一一〇～一一一号

あとがき

私は数年前、自分史『カルデラ回想記』を出版した。

自分史とは〈活字を使って、自分の人生を振り返ること〉である。それが原因なのだろうか、今回の作品は故郷鹿児島県霧島市での思い出を作品化したものが多くなった。「禁じられた遊び」、「辰平の悩み」、「熟柿」などがそれである。

〈思い出〉が中心であるから、新鮮さのない作品集である。

以下、その弁明をしてみる。私は今まで〈上から目線〉ではなくて、〈地べたに目線〉で書いてきたつもりである。場面は南九州の農山村で、時代は戦後間もない頃から現代まで。

右記の作品はすべて、これを基準にして書いてきたつもりである。

戦前の頃、大方の農民は文学とは無縁であった。

たとえば文学には紙が絶対不可欠であるが、大方の家にはその紙さえもなかった。あるのは障子紙や、学校で使う教科書ぐらいであった。従って芸術に関わる人は地主などの金持ちだけであり、小作人などは文学とは無関係であった。

私は高校生の頃にやっと、文学に興味を持つようになった。

しかし残念、周りの文学仲間は〈金持ちの子弟〉が多かった。だから当然、彼らの作品は金持ちの目線（＝上から目線）で書いたものが多かった。私は違和感を感じるようになり、作品は小作人の目線（＝目線を地べたに）で書こうと決めたのだった。

時代は常に急激に進み、刻々と変化しつつある。

私の右記の作品「禁じられた遊び」、「辰平の悩み」、「熟柿」などが本当に、〈地べたに目線〉で書かれた作品になっているのかは不明。時代が急速に変化しているのは確かであるが、それはいい方向なのか、悪い方向なのかも不明である。

たとえば作品「田の神さアの恩返し」がいい例である。

数十年前の頃まで、南九州では〈ナンコ遊び〉がよく行われていた。しかし現在、〈ナンコ〉を知っている人は激減し、今では祝宴で〈ナンコ〉をする機会がほとんどないと聞く。時代はそれほど急速に、たえず変化していることになる。

私も高齢になり、今は八十歳代の半ばである。

今回はその意味もこめて、若い頃に書いた新聞連載や〈文学仲間の追悼文〉なども収めてみた。いずれも〈活字文化が全盛期であった頃〉に書いたものである。情報機器がこうも発展した現在、高齢者はただただ懸命に後を追って進むしかない。

末尾になったが、今回の表紙絵は鶴ヶ野玲子さんにお願いした。

私の遠縁になる人で、故郷の霧島市に在住している。また出版に際しては、鉱脈社の杉谷昭人氏や他の方々のお世話になった。この場を借りて、心からお礼を申し上げたい。

令和六年五月吉日

鶴ヶ野　勉

[著者略歴]

鶴ヶ野　勉

（つるがの　つとむ）

○昭和14年　鹿児島県霧島市隼人町に生まれる。

○昭和37年から、宮崎県の高校学校英語教師になる。

○「九州文学」、「龍舌蘭」、「遍歴」、「しゃりんばい」などの同人編集委員
県下各市町村で自分史の講座を、各カルチャー・センターで文章講座を開く。

○著　書　『鵙《もず》』、『神楽舞いの後で』、『望郷』、『ばあちゃんのBSE』、
『あなたにも自分史が書ける』、『もうひとつの日向神話』、
『私の人生　書き込むだけの「自分史」』、『中央構造線』、
『カジカの里』など

○受賞歴　平成28年度　宮崎県文化賞を受賞
第23回九州芸術祭最優秀賞を受賞「神楽舞いの後で」
第50回地上文学賞を受賞「ばあちゃんのBSE」など

○現住所　〒880-2105
宮崎市大塚台西３丁目11-16
TEL・FAX 0985-47-1910

熟柿

二〇二四年六月二十四日　初版印刷
二〇二四年六月三十日　初版発行

著者　鶴ヶ野勉 ©

発行者　川口敦己
発行所　鉱脈社
〒八八〇－八五五一
宮崎県宮崎市田代町二六三番地
電話　〇九八五－二五－一七五八
郵便振替　〇二〇七〇－七－二三六七

印刷・製本　有限会社　鉱脈社